La mort d'un frère

Olesya Khromeychuk

La mort d'un frère

Préface de Philippe Sands
Introduction d'Andreï Kourkov

TRADUIT DE L'ANGLAIS
PAR CÉCILE DENIARD

Éditions du Seuil
57, rue Gaston-Tessier, Paris XIXe

Titre original : *The Death of a Soldier Told by His Sister*
(1re édition sous le titre : *A Loss.
The Story of a Death Soldier Told by His Sister*)
Éditeur original : Ibidem Verlag, Stuttgart, 2021, et Monoray, 2022
ISBN original : 978-1-80096-121-0

ISBN 978-2-02-154414-5

www.seuil.com

En mémoire de Volodymyr Pavliv
(1974-2017)

Préface

Philippe Sands

Ma génération a cru que la guerre en Europe appartenait à une époque révolue. Nous avions entendu parler de conflits qui se déroulaient dans des pays lointains, notamment de ces guerres par procuration que menaient nos dirigeants au nom de notre sécurité. Nous avions connu ici ou là des flambées de violence meurtrière, qualifiées d'actes terroristes, comme les heurts en Irlande du Nord ou les attentats du 11 Septembre (un jour où je me trouvais précisément à New York). Nous avions assisté à l'effondrement de l'ex-Yougoslavie. Mais l'horreur d'une guerre à grande échelle… des armées en marche, des chars d'assaut franchissant des frontières internationales, des blocus et des bombardements aériens, des captures de prisonniers et des exécutions de combattants ? Non. Cela, pensions-nous, c'était de l'histoire ancienne.

Et puis l'Ukraine est entré dans ma vie. Il y a dix ans, j'ai reçu une invitation à donner une conférence à la vénérable faculté de droit de Lviv. Une chose en entraînant une autre, j'ai rencontré de nouvelles personnes, commencé à enquêter sur les origines des concepts de génocide et de crime contre l'humanité, et cherché la maison natale de mon grand-père, Leon Buchholz. Je l'ai retrouvée, rue Sheptyts'kykh, non loin de la cathédrale Saint-Georges, et j'ai pu ainsi m'imaginer sa vie, celle de ses parents, de ses frère et sœurs, son départ de la ville au cours de l'été 1914. Plus tard, j'ai appris qu'Emil, son grand frère adoré, était resté sur place et s'était enrôlé comme fantassin dans l'armée austro-hongroise, si bien qu'il a certainement participé à la « bataille titanesque » qui a vu s'affronter plus d'un million et demi d'hommes dans les environs de Lviv*, une bataille que le *New York Times* décrivait à l'époque comme « une entreprise de destruction et un massacre de vies humaines d'une ampleur phénoménale, le carnage le plus épouvantable de l'histoire ».

Parmi les victimes se trouvait mon Emil, mort au front avant d'avoir fêté ses vingt ans. « Quelle importance pouvait encore avoir un meurtre isolé, écrivait Stefan Zweig, une faute personnelle, à côté de cette destruction en masse de la vie humaine, la plus effroyable que l'histoire ait jamais connue** ? » Mon grand-père n'a jamais pu me parler de la mort de ce frère, pas une fois.

Cette histoire, avec d'autres, m'a poussé à m'intéresser davantage à cette ville (et à écrire *Retour à*

* Bataille qui opposa l'Empire austro-hongrois à l'Empire russe entre le 26 août et le 11 septembre 1914, et qui aboutit à la prise par les Russes de la ville de Lviv et de la quasi-totalité de la Galicie. *Ndt.*

** Stefan Zweig, *La Pitié dangereuse*, traduit par Alzir Hella, Paris, Grasset, 1963. *Ndt.*

*Lemberg**), puisque la biographie de mes ancêtres y rejoignait mes propres travaux de recherche. Pour fouiller les archives, je me suis alors adjoint les services de deux remarquables doctorants en droit ukrainiens, Ihor et Ivan.

Arrive 2014 : la guerre éclate en Ukraine. Ihor est mobilisé et envoyé à l'est. La réalité du conflit devient palpable. Lors de mes séjours à Lviv, je croise dans les rues de nombreux jeunes gens en uniforme, visiblement en service actif. Je m'inquiète pour Ihor, mon assistant. Les nouvelles des affrontements se font de plus en plus préoccupantes, de même que le bilan humain, qui ne cesse de s'alourdir. La guerre se rapproche.

Les années passent et les combats dans l'Est se poursuivent. Tchétchénie, Ossétie du Sud, Abkhazie, Crimée, Syrie : tout se tient. Au cours de l'automne 2021, je suis invité à Kyiv pour prononcer une conférence au Musée national de l'histoire de l'Ukraine pendant la Seconde Guerre mondiale et faire don d'un objet tiré des maigres possessions de mon grand-père. Quelques semaines plus tard, les troupes russes se massent à la frontière. Une invasion semble inconcevable, et pourtant elle se produit. L'Europe est une nouvelle fois en guerre, sur les lieux mêmes qui ont vu se déchaîner le chaos et la mort du temps de mon grand-père et de son frère.

* Philippe Sands, *Retour à Lemberg*, traduction d'Astrid von Busekist (titre original : *East West Street*, 2016), Lemberg étant le nom de la ville de Lviv lorsqu'elle était autrichienne (1772-1918). *Ndt.*

Telles sont les circonstances personnelles dans lesquelles j'ai lu le livre remarquable d'Olesya Khromeychuck. Ce texte est le récit que mon grand-père n'a jamais pu écrire. Celui d'une histoire non pas révolue, mais actuelle. Non pas lointaine, mais toute proche. Non pas imaginaire, mais bien réelle. Intime et personnelle, cette chronique d'un amour et d'un deuil transcende les époques et les lieux ; brutale et universelle, elle soulève la seule question qui demeure : pourquoi ?

Juin 2022

Introduction

Andreï Kourkov

À l'époque où Olesya Khromeychuk a écrit la première version de ce livre, les combattants ukrainiens postés le long des 430 kilomètres du front du Donbass étaient continuellement la cible de tirs d'artillerie et de snipers de la part des troupes russes et de leurs partisans locaux. Les munitions nécessaires à ces attaques répétées arrivaient régulièrement de Russie, laquelle cherchait aussi à rendre impossible le retour de ces territoires dans le giron ukrainien en donnant des passeports russes aux habitants du Donbass.

La guerre qui est racontée dans ce livre n'a pris fin que pour son héros, Volodya, le frère de l'autrice. Il est mort au front. Il est devenu un simple chiffre dans les statistiques militaires. Mais il est aussi devenu un souvenir cher au cœur de sa famille, de ses amis et de ses compagnons d'armes ; et il est devenu ce livre, qui n'aurait pas été publié s'il avait vécu.

Depuis, naturellement, la situation a changé, et le livre d'Olesya a pris une autre dimension. Il ne s'agit plus tant d'un récit personnel que de l'histoire d'un pays victime de l'agression la plus violente qui soit. Et cela, une fois encore, de la part de la Russie. Cette nouvelle phase de la guerre russo-ukrainienne repousse les événements de ces quatre-vingts dernières années, y compris la Seconde Guerre mondiale, dans les profondeurs de l'histoire, même si on retrouve dans cette nouvelle agression toutes les caractéristiques du conflit tel qu'il se déroulait au siècle dernier, avec les massacres de civils et la destruction de villes et de villages. Je n'ose dire que ce récit est encore plus utile aujourd'hui qu'il l'était au moment où il a été écrit. Peut-être ne serait-ce pas tout à fait exact. Mais lire un tel livre alors que les hostilités font rage, et que l'actualité est par conséquent saturée de bruits de guerre, est une épreuve à la fois intellectuelle et émotionnelle, qui n'a rien de facile. Je n'en serai donc que plus reconnaissant envers tous ceux qui le liront maintenant, à l'heure où l'un des plus vastes pays du continent se bat pour le droit d'appartenir à l'Europe et à l'Union européenne.

Au fil de ce livre, le lecteur refera avec Olesya le chemin qu'elle-même a dû parcourir après l'annonce de la mort de son frère. C'est un témoignage très personnel, dont j'imagine qu'il a dû être très difficile à écrire. Mais Olesya ne pouvait pas ne pas écrire ce livre, et il est important qu'il soit lu. Son histoire et celle de sa famille sont le reflet de l'histoire de dizaines de milliers de familles ukrainiennes. Le reflet aussi de l'Ukraine d'aujourd'hui, avec ses problèmes, ses espoirs, ses victoires et ses pertes. À présent que les nouvelles en provenance d'Ukraine retiennent de moins en moins l'attention des journaux européens, ce livre est appelé à devenir une précieuse source d'information sur ce conflit et, peut-être, plus important encore, sur la manière dont il frappe les Ukrainiens ordinaires. Il ne s'attache pas prioritairement aux chiffres et aux dates, mais à ce que peuvent vivre les gens dans un pays qui s'est retrouvé en guerre.

Avant-propos

C'est une guerre européenne ; il se trouve simplement qu'elle a commencé dans l'est de l'Ukraine. Voilà ce que m'avait dit mon frère pour m'expliquer son choix de retourner au front en 2017. Peu de temps après, il y trouvait la mort.

La guerre que mène la Russie contre l'Ukraine n'a pas commencé le 24 février 2022, mais en 2014, avec l'occupation de la Crimée et de territoires du Donbass. Et si le Kremlin a pu passer à la vitesse supérieure en 2022, c'est parce qu'il avait pu en toute impunité violer le droit international et envahir un État souverain. Pendant huit ans, le monde s'était plus ou moins contenté d'exprimer sa « profonde inquiétude » devant les actes d'agression et de terreur perpétrés par la Russie. L'Occident continuant à faire comme si de rien n'était, Vladimir Poutine s'est enhardi, et les revenus tirés du gaz et du pétrole ont financé non seulement la poursuite de la guerre, mais sa métamorphose en une invasion à grande échelle.

À la suite du 24 février 2022, l'Ukraine a fait les gros titres des journaux du monde entier. Les médias anglophones ont enfin commencé à orthographier correctement le nom des villes du pays, libérant celui-ci, au moins sur le plan symbolique, de l'étreinte de l'impérialisme russe*. Dans toute l'Europe, le nom de notre président est désormais connu de tous et les rues principales des villes et des villages ont été repeintes en jaune et bleu. On a vu fleurir aux fenêtres des maisons des drapeaux ukrainiens et des affiches de soutien, qui faisaient particulièrement chaud au cœur en ce qu'ils manifestaient l'immense solidarité des peuples de différents pays d'Europe, sensibles à la douleur des Ukrainiens. Les populations ont exprimé leur sollicitude en faisant des dons généreux à des œuvres humanitaires et en ouvrant leurs maisons à des réfugiés. Des drapeaux ont également été hissés sur les bâtiments officiels pour manifester le soutien de chacun des États à la cause ukrainienne, signe visible d'un front uni contre l'invasion auquel le Kremlin ne s'attendait pas. Mais si les simples citoyens n'ont pas tardé à offrir leur soutien concret, les responsables politiques ne se sont pas tous précipités pour aider l'Ukraine en lui fournissant des armes, en mettant en place des sanctions contre l'agresseur ou en montrant leur solidarité par d'autres moyens qui auraient risqué d'être impopulaires. La guerre menée par la Russie avait pour but de détruire l'Ukraine, mais elle mettait aussi à l'épreuve la volonté du reste du monde démocratique de faire barrage à l'impérialisme et à l'oppression.

* Le choix a été fait dans cette traduction de respecter l'orthographe ukrainienne des noms de lieux, et en particulier d'écrire Kyiv plutôt que Kiev, qui est le nom russe de la ville. *Ndt.*

L'Occident découvrait l'Ukraine. Et ce faisant, comme souvent, il découvrait quelque chose qui existait en réalité depuis des siècles. Comme je jouissais d'une petite notoriété en tant qu'historienne, j'ai été sollicitée par de nombreux journalistes qui souhaitaient que je commente l'invasion. La question de ses motivations était souvent la première dont ils désiraient m'entretenir : « D'après Poutine, les Ukrainiens et les Russes ne forment qu'un seul et même peuple. Cette affirmation est-elle en quelque manière recevable ? » demandaient ceux qui prenaient des pincettes pour ne pas m'offenser. « Et vous-même, vous êtes russe ou ukrainienne ? L'Ukraine a autrefois fait partie de la Russie, on est d'accord ? » demandaient d'autres qui ne craignaient pas d'afficher toute l'étendue de leur ignorance. Dans un cas comme dans l'autre, le but de ces journalistes était de démystifier la version de l'histoire avancée par Poutine. Mais en choisissant de débattre de la vision erronée de l'Ukraine qu'un dictateur avait imposée au reste du monde, et donc en restant prisonniers du cadre posé par le Kremlin, ils découvraient les erreurs que commettait Poutine sur l'Ukraine, mais pas nécessairement ce qu'était vraiment ce pays. Peu d'entre eux comprenaient que les déclarations de Poutine sur l'histoire, la culture ou la langue ukrainiennes n'étaient rien d'autre que des armes de guerre. Après avoir nié l'existence du pays dans ses discours, il est passé à l'étape suivante et l'a attaqué avec des chars et des bombes.

Ce n'est que quand Poutine a entrepris de faire tout ce qui était en son pouvoir pour détruire l'Ukraine en tant qu'État que le reste du monde a réellement pris conscience qu'il s'agissait du plus grand pays d'Europe. Quand ses habitants, fuyant les bombardements, ont afflué dans les villes de l'Union européenne, le monde s'est rendu compte que ce qu'il considérait comme un « petit » pays abritait une population de plus de quarante millions d'habitants et que plusieurs millions d'entre eux étaient en train de prendre la route de l'ouest. Et quand les troupes russes ont commencé à commettre d'abominables crimes de guerre, le monde a découvert à quoi ressemblait en réalité le « monde russe » vanté par la propagande du Kremlin. Il ressemble aux fosses communes d'Irpin et de Boutcha. Il ressemble à Marioupol, totalement rasée par les bombardements. Il a fallu que des Ukrainiens russophones se dressent devant des chars russes sans rien d'autre à la main que des drapeaux bleu et jaune pour que le monde comprenne que les mensonges de Poutine sur une prétendue « division de l'Ukraine » n'étaient que cela : des mensonges. Qui avaient été amplifiés par les médias du monde entier et passivement avalés par nombre d'entre nous pendant des années.

Pendant des années aussi, nous avons répété « plus jamais ça » lorsque nous rendions hommage aux victimes de la Seconde Guerre mondiale. Mais qu'entendions-nous par-là exactement ? Au moment où mon frère a été tué, la plupart des Européens de l'Ouest ne se souvenaient même pas qu'une guerre était en cours dans l'est du continent. Au lieu de cela, la communauté internationale s'inquiétait de l'anéantissement de l'opposition russe par le régime de Poutine.

Rares furent ceux qui commentèrent le fait que le chef de file de cette opposition avait comparé la Crimée, occupée illégalement, à un sandwich qui ne peut pas indéfiniment passer d'une main à l'autre, avalisant ainsi l'annexion d'un territoire ukrainien dans le cadre d'une sorte d'*Anschluss* moderne. Certains Européens, aveuglés par leur sentiment de culpabilité devant les pertes subies par la Russie pendant la Seconde Guerre mondiale, en oubliaient commodément que « soviétique » et « russe » ne sont pas des synonymes et qu'au cours de ce même conflit les Ukrainiens avaient eu à subir des occupations nazies *et* soviétiques.

Soixante-dix ans plus tard, alors que la souveraineté de l'Ukraine était une nouvelle fois niée par cet État irrédentiste qu'est la Russie, l'agresseur continuait à être regardé comme un allié et une victime de la Seconde Guerre mondiale. Le monde continuait à fermer les yeux sur le comportement belliqueux, à la fois passé et présent, de ce pays. Et le slogan « plus jamais ça » ne semblait pas devoir s'appliquer s'agissant de prévenir une guerre en Ukraine.

Voilà des années que les Ukrainiens demandent à être pris au sérieux, non pas en tant que territoire appartenant à la sphère d'influence de la Russie (avons-nous oublié ce qui s'est passé la dernière fois que l'Europe a été divisée en sphères d'influence ?), ni en tant que composante d'un vague ensemble « postsoviétique » (qualifierons-nous encore cette région de « postsoviétique » dans trente ans ?). Non, les Ukrainiens demandaient à être pris pour ce qu'ils étaient : les citoyens d'une nation européenne souveraine et démocratique, dotée certes d'une histoire complexe, d'une identité composite, d'une vie politique quelque peu chaotique, mais aussi d'une vision claire de son avenir, dans laquelle la liberté de choisir son destin vaut la peine de se battre et de mourir. Mais ce n'est qu'après des mois à verser leur sang dans une guerre totale sans pouvoir compter sur autre chose que leur propre capacité de résistance que les Ukrainiens ont gagné la confiance du monde démocratique.

Mon frère est tombé au front à une époque où le monde regardait les Ukrainiens avec une certaine circonspection, tolérait la propagande russe et ne voulait pas risquer de perdre en confort matériel sous prétexte de défendre la liberté d'une nation située quelque part dans l'espace « postsoviétique ». Sa mort a été l'une des quatorze mille vies humaines perdues qui sont passées largement inaperçues à l'étranger. J'ai écrit la majeure partie de ce livre avant l'invasion de l'Ukraine. Je l'ai écrit, tirant profit du privilège que j'avais de vivre en Europe occidentale, pour rappeler au monde que notre liberté est tout aussi précaire que celle de nos frères européens qui vivent en Ukraine, sans parler de régions du monde situées sur d'autres continents, qui n'apparaissent généralement même pas sur nos écrans radar émotionnels ou politiques. Je l'ai écrit parce que j'avais compris que si nous n'aidons pas les Ukrainiens à défendre leur liberté, tôt ou tard ce sera la nôtre qu'il faudra défendre.

En 2017, je n'avais pas prêté beaucoup d'attention à l'avertissement lancé par mon frère juste avant sa mort dans le Donbass. En février 2022, quand la Russie a lancé son offensive tous azimuts contre l'Ukraine, j'y ai pensé tous les jours. Oui, il s'agissait bien d'une guerre européenne, dont l'est de l'Ukraine n'était que le point de départ.

Un jour la guerre s'arrêtera, mais elle restera dans les esprits et dans les cœurs de ceux qui auront été les témoins directs de ses atrocités, de ceux qui s'en seront approchés au point de sentir son odeur terrifiante. Longtemps après la fin des hostilités sur le terrain, la guerre contre les démons qui sont entrés en nous (que ce soit comme témoins, spectateurs, victimes ou participants) continuera à faire rage. Le combat pour ne pas laisser la haine nous consumer de l'intérieur se prolongera au-delà des affrontements sur le champ de bataille, et toutes nos victoires sur le front auront été vaines si nous perdons ce combat essentiel.

J'ai écrit ce livre pour lutter contre mes propres démons : le chagrin, la rancune, la peur. Je l'ai écrit pour tenter de trouver un sens à une perte : la perte d'un soldat parmi les milliers de pertes subies par l'armée ukrainienne ; celle d'un frère unique à mes yeux. En couchant ces textes sur le papier, j'ai voulu échapper à la noirceur du deuil, me soulager de la haine qui semait ses graines en moi, pour tenter d'avancer. Ce livre donne un nom, et une histoire, à une seule des vies humaines perdues au cours de cette guerre, mais j'espère qu'il pourra servir à consoler d'autres cœurs endeuillés.

La plupart des textes dont il se compose rapportent des faits réels tels qu'ils se sont déroulés. À travers eux, j'espère offrir au lecteur un aperçu du conflit, à la fois à l'intérieur et en dehors des tranchées. Cinq autres (ceux dont les titres apparaissent en italique dans la table des matières) évoquent des moments de l'existence de mon frère que je ne pouvais raconter comme si j'en avais été directement témoin, car cela aurait exigé un degré de compréhension de la vie et de la mort de mon frère que je ne prétends pas posséder. Il faut les voir comme une brume qui nuit peut-être à la netteté de l'image, mais sans laquelle le tableau d'ensemble ne serait pas complet.

Volodya, première partie

Volodymyr Pavliv, mon frère, est mort au front dans l'est de l'Ukraine en 2017. Il servait dans les forces armées ukrainiennes depuis près de deux ans quand il a été tué par un éclat d'obus près de Popasna, dans la région de Louhansk. Il avait quarante-deux ans.

Volodya (c'est comme ça que nous l'avons toujours appelé dans la famille) était l'aîné de trois enfants. Après lui venaient Yura, le cadet, et moi, la petite dernière. Il y avait quatre ans et demi d'écart entre chacun de nous, si bien que Yura, l'enfant du milieu, était aussi proche de Volodya que de moi. Yura et moi faisions de la musique et du théâtre, tandis que Volodya aimait les arts visuels et le sport. Si des deux Yura était le frère abordable, à mes yeux Volodya avait toujours été inaccessible – plus vieux, plus sage, plus grand. À présent qu'il est mort, les neuf années qui nous séparaient s'amenuisent jour après jour.

Je ne serai jamais aussi grande, ni peut-être aussi sage qu'il l'était, mais, avec un peu de chance, j'atteindrai et je dépasserai l'âge auquel il est mort. J'imagine qu'il finira par devenir, bizarrement, mon petit frère. Il serait toutefois juste de dire que, même de son vivant, j'ai souvent eu l'impression d'être sa grande sœur. C'était moi qui veillais sur lui, qui m'inquiétais de son sort et qui m'efforçais de faire en sorte qu'il aille bien. Il ne m'avait jamais rien demandé de tout cela, mais j'avais choisi d'être sa petite « grande » sœur. Lui jouait peut-être pour moi le rôle d'un grand frère, mais d'une façon qui n'a pas toujours été évidente à mes yeux.

Quand il était jeune, et sans se donner beaucoup de mal, Volodya avait des allures de mannequin en couverture d'un magazine pour ados. Plus tard, il a pris le look de l'artiste sans attaches, de celui qui s'est bagarré plusieurs fois avec la vie. Et ce n'est que durant ses dernières années que j'ai eu du mal à le reconnaître : ses traits anguleux se sont accentués sous un casque ou un bandana, ses habituels cheveux longs châtain clair ont laissé place à une coupe rase, ses bras se sont musclés, son teint s'est hâlé, le vert de ses yeux s'est assombri par contraste avec tout ce kaki qui l'entourait en permanence. Quand je regarde les photos de lui pendant cette période, je dois me donner beaucoup de mal pour y retrouver un visage familier.

Quand j'étais petite, je disais que, si je devais un jour me marier, ce serait avec quelqu'un comme Volodya. Plus tard, j'ai décidé que je ne voulais pas épouser quelqu'un comme lui, mais *devenir* quelqu'un comme lui : intelligent, opiniâtre, plein d'assurance. Il était tout le temps en train de lire, mais n'avait jamais envie de discuter de ses idées, en tout cas pas avec moi. Il dessinait merveilleusement bien, pratiquait un grand nombre de sports et avait des amis cool ; du moins, ils me paraissaient cool quand j'étais jeune. Dans mon enfance, Volodya était tout pour moi ; ces dernières années, il m'a causé beaucoup de chagrin. Nos liens du sang nous unissaient et nous dressaient l'un contre l'autre.

Nous avions grandi à Lviv, une ville de l'ouest de l'Ukraine, dans une région connue sous le nom de Galicie. C'est une ville magnifique, à la fois austro-hongroise, polonaise et ukrainienne. Son histoire est atrocement compliquée, sa scène théâtrale très active et le café qu'on y boit épatant. Comme mes deux frères, j'ai adoré cette ville quand j'y vivais. Et comme mes deux frères, je l'ai quittée très jeune. Je suis partie pour le Royaume-Uni à l'âge de seize ans. Yura en a fait autant, avant moi : il avait dix-sept ans. Volodya, lui, avait quitté l'Ukraine pour les Pays-Bas à l'âge de vingt-quatre ans. Chacun de nous s'accommodait du mal du pays à sa manière. Yura ne sortait qu'avec des filles « de chez nous », c'est-à-dire qui venaient d'Ukraine, de Biélorussie ou de Russie. Devenue historienne, j'ai fait de l'étude de cette région mon métier. J'ai aussi fondé une compagnie théâtrale qui montait des pièces en lien avec l'Ukraine.

Yura et moi appréciions de retourner de temps à autre à Lviv pour y siroter un délicieux café et voir une nouvelle pièce à l'affiche, mais nous avions généralement hâte de reprendre l'avion pour Londres. Volodya, au contraire, avait toujours eu l'intention de se réinstaller là-bas. Pour lui, cette ville n'était pas seulement un joli décor dans lequel prendre une tasse de café au goût de nostalgie. Il entretenait avec elle une relation beaucoup plus forte. Peut-être Yura et moi avions-nous réussi à combler le vide laissé dans nos identités par l'immigration en profitant des avantages que nous avait accordés (fût-ce à contrecœur) notre pays d'accueil : études, emploi, liberté de mouvement, amis originaires du monde entier. En tout cas, c'était l'histoire que nous nous racontions.

Aux Pays-Bas, Volodya enchaînait les petits boulots ici ou là, comme beaucoup d'immigrés. Il avait épousé une Néerlandaise et, à un moment il a même donné l'impression de vouloir se fixer. Mais ça n'a pas marché. Au bout de onze ans, il en a eu assez de cette existence et il a décidé de rentrer, alors qu'il détenait ce fameux permis de séjour que tant d'immigrés rêvent d'obtenir. L'Europe occidentale n'avait pas réussi à combler le vide qui existait en lui, alors il ne cessait de revenir à l'endroit où il se sentait le plus complet.

Je ne sais pas vraiment qui était mon frère, mais je sais qui il n'était pas. Il n'a jamais cherché à plaire, il n'était pas lâche, il n'était ni accommodant, ni facile à vivre, ni particulièrement poli. Après sa mort, ses camarades ont dit de lui qu'il s'était montré intrépide. Intrépide, il avait dû l'être pour aller à la guerre volontairement. Peu de temps avant de mourir, il disait qu'il était devenu un guerrier. Je ne comprenais pas ce que ça voulait dire. Pourquoi un penseur, un artiste, voudrait-il devenir un soldat ? Peut-être que je ne me faisais pas une idée juste de ce que c'est qu'être un penseur et un artiste – ou alors, de ce que c'est qu'être un soldat.

Théorie et pratique de la guerre, première partie

Voilà plus de dix ans que j'étudie des guerres. La violence qu'on retrouve dans les pages des livres qui leur sont consacrés, les témoignages oraux, les photographies et les documents d'archives m'a toujours marquée. Je ne pouvais pas, et peut-être ne voulais pas, m'en détacher tout à fait émotionnellement, mais avec le temps j'ai appris à ne pas me laisser atteindre. Il m'arrivait parfois de ressortir d'un entretien avec un vétéran de la Seconde Guerre mondiale profondément émue par son histoire. De temps à autre, j'éclatais en larmes dans les locaux des archives après avoir découvert une lettre particulièrement touchante ou lu un procès-verbal d'interrogatoire qui me retournait l'estomac. Je mettais beaucoup de moi-même dans mes recherches, mais cela restait un travail, malgré tout.

Quand la guerre a éclaté dans l'est de l'Ukraine, tout a changé. Je n'arrivais plus à voir la violence politique comme un sujet de recherche, à présent qu'une guerre brutale se déroulait sur un territoire qui me touchait de si près, même s'il se trouvait encore à distance confortable aux yeux de la plupart des Européens de l'Ouest : dans « un pays lointain entre des gens dont nous ne connaissons rien ». Alors que je suivais le conflit depuis Londres, essentiellement par le biais de reportages dans les médias et de vidéos postées sur les réseaux sociaux, j'étais horrifiée d'entendre des mots qui m'étaient familiers dans le cadre de mes travaux d'historienne (pilonnage, bombardement, captivité, victimes, crimes de guerre) désormais utilisés pour rendre compte de l'actualité de mon pays d'origine. J'ai pris l'habitude d'entendre parler de pertes : lourdes pertes, pertes réelles, pertes officielles, perte de territoire, perte de contrôle, perte d'un être cher. Ces mots ont pris un sens nouveau. Ils sont devenus plus réels ; ils sont devenus plus concrets.

J'ai vu mes amis et des proches monter au front. Certains recevaient des ordres d'appel, d'autres s'engageaient d'eux-mêmes. Mes deux oncles furent appelés : le premier avait près de soixante ans et l'autre était lourdement handicapé. Cela donne une idée du degré d'inefficacité qui régnait au sein du commissariat militaire, surtout les premiers jours. J'ai vu la diaspora ukrainienne à Londres grossie de nouveaux arrivants. Parmi les jeunes gens, certains fuyaient la conscription. Jamais je ne les jugeais. Personne n'a envie de mourir, que ce soit pour son pays ou pour autre chose. J'ai vu mes amis londoniens en proie à des émotions contradictoires, n'arrivant pas à décider s'ils devaient rentrer en Ukraine pour s'enrôler ou rester là où ils étaient et se jeter à corps perdu dans le mouvement de mobilisation d'une incroyable efficacité qui contribuait financièrement à l'effort de guerre, mais de loin.

Avant que la guerre éclate dans l'est de l'Ukraine, l'expression « avant la guerre » signifiait pour moi

« avant la Seconde Guerre mondiale ». Elle renvoyait à l'histoire, domaine dans lequel je possédais deux ou trois notions. Et voilà qu'elle évoquait désormais un passé qui était juste derrière nous. Mais l'époque de paix qu'elle désignait semblait déjà inaccessible.

Il était troublant de voir à quelle vitesse les Ukrainiens s'habituaient au vocabulaire guerrier : nous avons appris le nom des différentes parties d'un uniforme, le jargon attaché au matériel militaire et, cela va de soi, les euphémismes employés par l'armée, tel que le code 200 pour désigner les soldats morts au combat ou 300 pour les blessés. Je rejoignais parfois mes amis qui manifestaient nuit et jour devant l'ambassade de Russie, le 10 Downing Street ou le Parlement à Londres. Le sentiment de solidarité que nous éprouvions dans ces moments-là nous aidait à nous sentir un peu moins démunis et alimentait l'espoir de pouvoir, même loin de chez nous, faire quelque chose, sinon pour arrêter la guerre (cela, nous savions que ce n'était pas de notre ressort), au moins pour attirer l'attention sur ce qui était en train de se passer à l'autre bout de l'Europe.

Pendant toute cette période, j'ai eu peur que mon frère, qui avait quitté les Pays-Bas quatre ans plus tôt pour retourner en Ukraine, ne m'appelle pour me dire qu'il était mobilisé. Comme il avait fait son service militaire obligatoire dans sa jeunesse, il avait le grade de sergent. Au début des hostilités dans le Donbass, l'armée ukrainienne était dans un état déplorable : non seulement elle était mal équipée, mais les troupes étaient mal entraînées. Étant donné l'expérience militaire que possédait mon frère, j'étais sûre qu'il ferait partie des premiers appelés. Mais une année s'est écoulée sans que ce ne soit le cas. Chaque journée me faisait l'effet d'un cadeau du ciel. Jusqu'au jour où il m'a appelée, non pas pour m'informer qu'il était mobilisé, mais pour me dire qu'il s'était engagé volontairement.

Mon premier réflexe a été de contacter un bon ami (un militaire à la retraite qui avait survécu de justesse à une de ses missions), que j'ai supplié de parler à mon frère afin de le faire changer d'avis. Kolya a accepté, il a appelé Volodya et il lui a conseillé de se rendre dans un hôpital militaire où des hommes de retour du front effectuaient leur convalescence. Le résultat de cette démarche a été l'inverse de celui que mon ami et moi espérions : Volodya était plus certain que jamais de vouloir partir à la guerre. Il était inutile de tenter de l'en dissuader.

Mon frère est allé au front volontairement. Ç'a été un choix de sa part. Je ne saurai jamais pourquoi au juste il s'était engagé. À un moment donné, il a dit à ma mère qu'il voulait voir par lui-même ce qui se passait dans la zone de conflit. Je crois que le fait d'avoir vu d'autres gens, plus jeunes que lui, revenir du front morts ou blessés y est pour quelque chose. Le sentiment de culpabilité est un puissant facteur de motivation.

Au début, il a servi comme mitrailleur et passé beaucoup de temps dans la région de Donetsk, près de la ville d'Horlivka. Vers la fin, il a pris le commandement d'une section de reconnaissance stationnée non loin de la ville de Popasna, dans la région de Louhansk. En tout, il aura passé près de deux ans sur la ligne de front. Quand il a été brièvement bilisé entre son premier et son second déplo j'ai essayé de le dissuader de retourner au fron avoir écouté mes supplications, il m'a répondu qu'il faisait des cauchemars toutes les nuits où il dormait dans son lit de civil. Dès qu'il retournait en zone de guerre, les cauchemars cessaient. Peut-être que, quand on vit en plein cauchemar, on n'a pas le temps d'en faire. Ou alors c'est que la vie civile, avec ses multiples nuances de gris, ne peut tout simplement pas rivaliser avec la clarté de la zone de guerre : au moins, là-bas, on sait qui sont réellement ses amis ou ses ennemis.

Quand mon frère est parti à la guerre, la guerre est entrée chez moi. Littéralement. Mon appartement s'est rempli de divers équipements militaires qui m'étaient livrés depuis le monde entier : Chine, Italie, Irlande, Royaume-Uni, Israël, États-Unis. Pendant la première année du conflit, je m'étais refusé à donner de l'argent aux associations caritatives qui collectaient des dons pour l'armée. Il me semblait que plus nous soutiendrions les bénévoles qui achetaient du matériel qui aurait dû être fourni par l'État, moins celui-ci serait enclin à réformer l'armée, à empêcher le pillage de nos forces armées par des fonctionnaires corrompus et à fournir à nos troupes le matériel nécessaire – depuis des chaussettes, tee-shirts et vivres jusqu'aux munitions et équipements électroniques adéquats. J'avais peut-être raison sur le principe, mais, dès que j'ai su que mon frère s'était enrôlé, je me suis précipitée sur internet pour acheter tout ce dont il pouvait avoir besoin sur le front.

Les colis remplis d'uniformes, de médicaments et autres articles d'une importance vitale dans la zone de conflit s'amoncelaient à mesure que je cochais les éléments de la liste que Kolya avait aimablement rédigée pour moi. J'avais honte de ne pas avoir donné d'argent aux volontaires qui collectaient pour les soldats ces mêmes objets que je rassemblais à présent pour mon frère. J'étais gênée de ne pas arriver à rester fidèle à mes principes : mettre l'État devant ses responsabilités et faire en sorte qu'il les assume. Moi qui écrivais des textes antimilitaristes dans le cadre de ma vie professionnelle, je devais bien admettre que j'étais en train de me militariser dans le cadre de ma vie privée, même si c'était à mon corps défendant.

Je savais que ma conduite était hypocrite : elle ne se fondait plus sur les convictions politiques d'une universitaire avertie ; elle était motivée par les craintes d'une sœur. Je ne savais plus si j'avais eu raison de ne pas soutenir les associations qui aidaient l'armée. Je n'étais pas certaine d'avoir tort d'acheter ce matériel pour mon frère. J'ai compris qu'on peut avoir à la fois tort et raison. Ça arrive pendant les guerres.

Plus tard, j'ai vu mon frère dans un reportage. Mon ami Kolya m'avait envoyé un lien : « Jette un œil, disait-il, au bout de vingt-quatre secondes, on voit ton frère ! »

Je lui ai demandé comment il l'avait reconnu ; ils ne s'étaient jamais rencontrés, seulement parlé au téléphone. « Élémentaire, mon cher Watson ! m'a-t-il répondu. Je l'ai reconnu grâce à l'équipement que je t'ai aidée à lui acheter. »

Comme ce doit être étrange de reconnaître quelqu'un à son attirail militaire. Et comme ce le fut, et plus encore, de reconnaître un être cher sur mon écran de télévision, dans un reportage, vêtu de la tenue de soldat achetée pour lui sur internet. En regardant ce frère, si peu familier dans son uniforme, je me suis demandé si je ne connaissais pas les articles que je lui avais achetés mieux que je ne le connaissais lui.

Une paire de bottes, première partie

Pendant des mois, ma page Facebook a affiché des publicités pour des sites de rencontre, des vêtements de grossesse, des représentations théâtrales et des bottes de combat. Taille 45. Les algorithmes devaient penser que j'étais une femme célibataire en âge de procréer, passionnée d'art dramatique et d'équipement militaire. Et que j'avais de sacrément grands pieds.

Je ne pouvais pas en vouloir à Facebook. J'avais passé des jours sur des sites qui vendaient des surplus militaires, en quête d'une paire de bottes. Comme mon frère me l'avait demandé, j'étais bien décidée à trouver une paire qui serait légère, imperméable, noire et de pointure 45. J'ai vite compris que les magasins de surplus militaires vendent précisément cela : les surplus. Si bien que les pointures les plus demandées (y compris le 45) sont très difficiles à trouver. J'ai bien envisagé de prendre des bottes de police, parce qu'elles sont extrêmement légères et que je pouvais les avoir de la bonne pointure et de la bonne couleur, mais elles n'étaient pas imperméables. J'ai trouvé une paire de bottes de combat qui étaient imperméables, noires et de la bonne taille, mais elles étaient lourdes, et la dernière chose dont on a besoin pour traverser les bourbiers de terre noire de l'est de l'Ukraine, c'est des bottes qui pèsent une tonne avant même d'être couvertes de boue.

Après avoir passé quelque chose comme une semaine à faire défiler des centaines de paires de bottes sur l'écran de mon ordinateur portable sans trouver ce qu'il me fallait, je commençais à désespérer. Tous les jours je me rendais sur les principaux sites pour voir s'ils avaient de nouvelles offres, mais en vain. Et là, d'un seul coup, elles sont apparues : une rutilante paire de bottes de combat en Gore-Tex de l'armée britannique. Je n'en croyais pas mes yeux ! Elles étaient imperméables, noires, un petit peu lourdes mais, et c'était le plus important, disponibles en 45 ! Attendez une seconde, qu'est-ce que c'est que ça ? La description disait : « Pointure 45 médium ». Mince ! me suis-je dit. C'est bien, ça, « médium » ? Qu'est-ce qu'il y a d'autre ? L'idée de devoir renoncer à acheter cette paire pour en chercher une autre me rendait malade. Heureusement, aucune autre option n'était disponible, de toute façon, et je me suis dit que « médium », ça devait être mieux que « grand » ou « petit », alors je les ai prises. Cerise sur le gâteau, après tout le mal que je m'étais donné : elles n'avaient pas « déjà servi », contrairement à la plupart des autres paires que j'avais pu voir. Elles n'avaient jamais été portées. J'étais aux anges : mon frère allait avoir une vraie paire de bottes militaires toutes neuves, qui susciteraient l'envie de toute la compagnie, peut-être même de tout le bataillon ! Personne d'autre n'en aurait d'aussi belles.

Ma commande est arrivée assez rapidement. J'ai eu le plaisir de découvrir qu'elles n'étaient pas trop lourdes. Je leur ai donné un coup de chiffon, je les ai caressées doucement, je leur ai murmuré « bonne chance » et je les ai reposées dans leur boîte, que j'ai mise dans un sac. Celui-ci contenait déjà un uniforme complet, plusieurs casquettes militaires, des chaussettes, des tee-shirts, une combinaison imperméable légère, un ensemble veste-pantalon léger, une cagoule, un sursac de bivouac, un authentique poncho de l'armée britannique, quelques autres éléments d'une tenue militaire, ainsi que du matériel médical, un sachet de Celox (ce produit qui arrête les hémorragies sévères), des comprimés purificateurs d'eau, des rations de survie lyophilisées et des tonnes de chocolat et de barres énergétiques à l'avoine. Bref, tout ce que l'armée ukrainienne ne fournissait pas à ses soldats. Il y avait aussi un lecteur MP3 avec mes musiques préférées. Il ne m'avait pas été demandé. Je l'avais mis là de ma propre initiative. Ma mère a ajouté quelques petits pendentifs en forme de croix avec des lanières en cuir : « Peut-être qu'il les distribuera à ses amis et qu'il en gardera une pour lui », m'avait-elle dit.

À part les bottes, qui m'avaient vraiment donné du fil à retordre, aucun de ces articles n'avait été particulièrement difficile à trouver. Mon ami Kolya m'avait fait une liste des objets nécessaires, ainsi que des entreprises qui les fournissaient. D'autres amis qui étaient volontaires depuis un moment m'avaient conseillé des sites internet. Me procurer tout ce matériel militaire fut donc d'une remarquable simplicité. Un seul article résista à mes efforts : j'avais aussi espéré acheter un gilet pare-balles, mais cela s'avéra au-dessus de mes capacités. Comme on pourrait s'y attendre, ce n'est pas un équipement qu'on trouve facilement en ligne. Mais, tout bien considéré, quand je regardais le grand sac kaki rempli de tous ces objets, j'étais assez fière d'avoir accompli ma mission militaire à moi : rassembler tout le nécessaire pour que mon frère soit au chaud, au sec et en sécurité.

Ma mère et moi avons apporté ce sac à un homme qui devait le transporter en camionnette jusqu'en Ukraine et le remettre à Kolya à Lviv. Avant la guerre, je n'avais eu à connaître les services rendus par l'homme à la camionnette que lorsque mes parents envoyaient des cadeaux à mes nombreux cousins dans les Carpates et qu'eux nous faisaient parvenir en retour des champignons séchés, du miel et toutes ces gourmandises locales qui vous manquent quand vous vient le mal du pays.

Je me suis demandé ce que pensait l'homme à la camionnette du fait qu'il livrait désormais aussi du matériel militaire. Peut-être que ça lui plaisait de pouvoir faire sa part pour le pays de cette façon. Ce qui est sûr, c'est qu'il ne nous a pas fait payer cher. Peut-être qu'il lui semblait dérisoire de continuer à jouer les messagers entre la paix et la guerre, au lieu d'acheter tout cet équipement pour lui-même et de monter au front avec sa camionnette. Peut-être n'avait-il jamais réfléchi à la question. Tout le monde ne pense pas à cette guerre, et c'est sans doute très bien comme ça. Quand nous lui avons remis notre sac par un après-midi ensoleillé dans une petite rue de l'ouest de Londres, nous avons eu l'impression de laisser partir quelqu'un que nous risquions de ne plus jamais revoir.

Un mariage en temps de guerre

La liste des fournitures militaires à acheter pour aider mon frère dans la zone de conflit se trouvait encore sur mon bureau quand une nouvelle liste a fait son apparition à côté. De ce fait, l'inventaire de mes achats en ligne est devenu assez éclectique :

- serviettes en papier écossais (3 paquets de 20)
- pansements d'urgence pour brûlure (paquet de 5)
- ruban de satin jaune et bleu (5 mètres)
- sac à dos Tasmanian Tiger kaki (1)
- confettis de table (20 paquets)
- éponges hémostatiques (25 g x 2)
- cadeaux invités mariage (mignonnette whisky x 50)

Quiconque aurait vu cette liste aurait pensé que j'organisais un mariage sur le thème de la guerre, ou que j'allais me marier dans les tranchées. Et ce n'était pas loin d'être vrai : la cérémonie devait avoir lieu alors que mon frère se trouverait sur le front depuis un peu moins d'un an. Et, tandis que je cherchais un lieu de réception à Londres, mon esprit se trouvait dans les tranchées de l'est de l'Ukraine.

En Ukraine, il existe une chanson populaire pour chaque état d'esprit, surtout quand l'humeur n'est pas au beau fixe. Dans l'une d'elles, par exemple, une femme reproche à sa sœur de manquer de considération et de faire passer ses intérêts avant ceux des autres : « Ton frère est à la guerre / il verse son sang, / toi tu te maries / et il n'est même pas au courant. » Elle aurait pu être écrite au sujet de mon mariage.

Du jour où mon compagnon et moi avons décidé de nous marier et d'organiser une petite réception pour célébrer notre union, je n'ai pas arrêté de me demander s'il était bien moral de choisir une robe de mariée, de préparer une playlist et de lancer des invitations pour une fête pendant qu'un de mes frères était au front. Tous les soirs je me couchais en espérant qu'il y aurait aussi un lendemain pour mon frère. Tous les jours je me demandais s'il serait encore en vie au moment du mariage. À mesure que celui-ci approchait, le petit air résonnait toujours plus fort dans ma tête : « Pah-pah-pam, pam-pam... il verse son sang, / pah-pah-pam, pam-pam... et toi tu te maries... » Le folklore est une chose puissante.

Bien sûr, je savais que les gens se marient en temps de guerre. La vie continue, quand elle s'achève pour d'autres. J'ai essayé de me comporter comme une adulte et j'ai persévéré dans mes projets. Après tout, me disais-je, je n'allais pas faire une grosse fiesta. Je n'avais jamais été le genre de fille qui rêve de la robe de princesse blanche à frous-frous. Notre mariage devait être une cérémonie intime, en petit comité. Mais c'est précisément dans ces moments-là qu'on a envie de voir réunis autour de soi les êtres les plus proches et les plus chers. Or il s'est trouvé que ni l'un ni l'autre de mes frères chéris n'était près de moi à mon mariage : l'aîné était à 3 000 kilomètres dans une zone de guerre et l'autre en cure de désintoxication, où il menait une guerre d'un autre genre.

Nous avons maintenu la fête. Ç'a été une belle journée. Il s'est avéré qu'il était bel et bien possible de se marier pendant qu'un proche versait son sang. Possible d'écouter les toasts en l'honneur des mariés tout en pensant aux tranchées. Dommage que je n'aie jamais eu l'occasion de montrer les photos à mon frère ; je suis sûre qu'il aurait eu une ou deux blagues à faire à leur sujet.

Vertep

Quand nous étions petits, nos parents nous emmenaient dans le village de nos grands-parents pour Noël. Les fêtes de fin d'année regorgeaient du type de rituels qui ne peuvent que se graver dans l'esprit impressionnable d'une enfant. Mes souvenirs les plus vifs concernent le *vertep*. Le mot lui-même remonte au XVIIe siècle et désigne un théâtre de marionnettes portatif. Avec le temps, il en est venu à qualifier une sorte de théâtre de rue qui raconte l'histoire de la naissance du Christ. La particularité de cette représentation est qu'elle n'est pas nécessairement jouée par des acteurs professionnels : la plupart des villages et beaucoup de villes voient de nombreuses troupes sillonner les rues pour donner leur version personnelle de la Nativité – en compensant leur éventuel manque de maîtrise par leur enthousiasme.

Ces pièces traditionnelles ne tournent pas réellement autour de Jésus. Il n'y joue même pas de rôle à proprement parler et sa naissance n'est mentionnée qu'en passant comme un événement qui vient d'arriver. Les principaux personnages sont la Mort, le Diable, l'Ange et le roi Hérode. Il y a aussi des bergers, des soldats romains, les rois mages, et autres petits rôles, mais leur principale fonction est de faire ressortir, par leur insignifiance, l'importance des quatre premiers.

Dans les villages ukrainiens, tout le monde veut que les acteurs du *vertep* passent chez lui. Tout le monde veut entendre la même histoire année après année. Voir le bien triompher du mal. Tous les ans, j'assistais aux répétitions et ensuite à la représentation du *vertep* dans notre vieille maison au village. Mes deux frères y participaient : Yura jouait invariablement le rôle de l'Ange. Mon père lui fabriquait des ailes en contreplaqué et collait dessus des lambeaux de papier blanc que je faisais friser avec des ciseaux pour qu'ils ressemblent à des plumes. Le rôle de Volodya était celui du Diable. Il portait un masque artisanal effrayant. Il était noir et lui couvrait entièrement le visage. On voyait tout juste ses yeux, et encore, il fallait vraiment regarder de près. Cela résumait bien notre trio : un frère en blanc, attentionné et gentil ; l'autre en noir, déroutant et audacieux ; et moi en observatrice de la représentation, coincée entre les deux.

Les personnages du *vertep* m'ont accompagnée toute ma vie et quand l'Ange, le Diable, la Mort et le roi Hérode tournent autour de moi dans une danse macabre de souvenirs d'enfance, c'est le masque noir du Diable qui flotte un moment devant mes yeux. Son regard pénètre jusqu'à mon âme, à la recherche de la noirceur qui m'habite. Il me pétrifie. Je ne veux pas voir tout ça. Mais je ne peux pas partir. Je ne peux pas bouger. Jusqu'au moment où je remarque, grâce aux trous découpés dans le masque, que ces prunelles ne sont pas celles du Diable. Je connais ces yeux verts.

Volodya jouait si bien son rôle dans le *vertep* qu'il était sollicité tous les ans. Même quand il a arrêté de participer à ces nativités, il a conservé le masque du Diable. Parfois il le mettait pour faire peur aux gens. Parfois pour se faire peur à lui-même. Mais, surtout, il le gardait pour se rappeler que la vie est un mélange de blanc, de noir et de rouge.

Un message sur Facebook

Quand on a des frères et sœurs, que l'un d'eux meurt et que les gens nous demandent si on en a, qu'est-ce qu'on répond ? Est-ce qu'on dit « j'ai deux frères » ? Mais ce n'est pas vrai, puisque l'un d'eux n'est plus là. « J'avais deux frères, mais je n'en ai plus qu'un parce que l'autre est mort » ? C'est factuellement exact, mais beaucoup trop précis. C'est par politesse que les gens vous posent cette question sur vos frères et sœurs ; pas pour être traumatisés par votre histoire familiale.

Pendant longtemps, quand on m'interrogeait à ce sujet, j'hésitais, l'air désorientée, je prenais une grande inspiration pour meubler le silence et me calmer. Et puis j'ai fini par apprendre à répondre à cette question. « Je suis la dernière de trois enfants » : voilà ce que je dis maintenant.

Je suis la dernière de trois enfants. L'aîné est mort à la guerre. Quoiqu'on *meure* rarement à la guerre ; on y est *tué*. Quand quelqu'un s'engage dans l'armée et va au front, l'éventualité de sa mort devient une perspective bien réelle. Il n'y a pourtant rien de naturel, rien de normal, dans le fait de mourir à la guerre. Une personne apte à servir dans les rangs de l'armée serait certainement apte à vivre encore pendant de nombreuses années. Le plus probable est qu'elle soit en très bonne santé, relativement jeune, capable de relever bien des défis : les parfaits ingrédients de la longévité. Une mort soudaine devrait donc être improbable. Et pourtant, à la guerre, on s'attend à une telle éventualité. Mon frère a finalement servi pendant près de deux ans, et pendant près de deux ans je me suis efforcée de ne pas penser au fait que l'issue la moins naturelle à sa vie devenait de plus en plus probable.

Un jour, j'ai reçu sur Facebook un message de quelqu'un que je ne connaissais pas : « Pardonnez-moi cette question étrange, écrivait-il, mais nous cherchons cette personne qui vit au Royaume-Uni [suivaient le nom et les coordonnées de ma mère]. Est-ce que par hasard elle ferait partie de votre famille ? » Dès que j'ai lu ça, j'ai su qu'une de ces choses auxquelles j'étais censée m'attendre tout en m'efforçant de ne pas y penser s'était produite. Simplement je ne savais pas exactement laquelle. Était-il grièvement blessé ? Avait-il été fait prisonnier ? Pour une raison quelconque, je n'ai pas vraiment pensé à la mort. J'ai cherché sur internet qui était la personne qui m'avait envoyé ce message et j'ai vu qu'elle travaillait au ministère des Affaires étrangères ukrainien. Aussitôt, je me suis dit que mon frère avait dû tomber entre les mains de l'ennemi. J'en ai eu la nausée. La captivité me semblait la plus effrayante des perspectives. J'avais trop entendu parler des humiliations, des tortures et autres atrocités que subissaient les prisonniers de guerre détenus par les forces prorusses, et je savais à quel point il était difficile d'obtenir leur libération.

C'était un samedi matin ensoleillé et je me trouvais dans le métro de Londres pour aller rejoindre une amie dans un parc. Quand la rame s'arrêtait dans une station et qu'il y avait de nouveau du wifi, je recevais d'autres messages du même type : « Bonjour. J'appartiens à l'unité dans laquelle sert votre frère. » *Sert* votre frère ! Donc il doit être vivant ! J'essayais de me calmer. « Donnez-moi votre numéro pour que je puisse vous joindre. » J'ai sauté sur le quai et couru dehors pour avoir du réseau. J'ai appelé ma mère, en sachant que j'avais une mauvaise nouvelle à lui apprendre, mais que je n'en connaissais pas encore la gravité. Voulant éviter de lui faire un choc, j'ai commencé en disant : « Ce n'est peut-être rien, mais ça a l'air sérieux… » J'avais encore dans la tête l'idée qu'il devait être prisonnier et je passais en revue la liste des amis que je devrais essayer d'appeler pour en savoir plus, des gens qui pourraient nous conseiller sur la manière de le sortir de là. Mais ma mère m'a coupé la parole : « J'ai reçu un appel d'un commandant, m'a-t-elle dit. Notre Volodya a été tué au front. » Elle était incroyablement calme.

J'ai éprouvé un étrange soulagement : il n'était donc pas prisonnier, en fin de compte ! Et presque aussitôt, ce sentiment a été balayé par la morsure glaciale de la réalité.

Dans les films, quand un personnage reçoit une mauvaise nouvelle, la caméra tourne sur elle-même pour vous aider à imaginer son état de confusion mentale. Ça ne s'est pas passé comme ça. Rien ne tournait. J'étais parfaitement lucide : j'ai dit à ma mère que j'arrivais, cherché l'horaire du prochain train pour la gare près de chez elle, décidé qui il fallait que j'appelle et dans quel ordre. J'ai répondu aux messages des gens qui m'avaient écrit sur Facebook : « Ma mère est au courant. Merci de m'avoir contactée. » L'un d'eux a répondu : « Nous venons de partir pour la morgue. On devrait arriver à Lviv demain. Les routes sont mauvaises ici, on ne peut pas rouler vite. »

J'ai commencé à calculer le temps qu'il me faudrait pour rejoindre Lviv au plus vite. Est-ce que je pourrais y être avant mon frère ? Cette gare londonienne pleine d'animation me semblait complètement déserte ; je ne remarquais personne. J'ai envoyé un texto à mon amie pour l'informer que je n'irais pas au parc.

C'est seulement quand j'ai pris le train pour aller chez ma mère et que j'ai appelé mon père que j'ai craqué. Il a fallu que je prononce ces mots que ma mère venait de me dire : « Notre Volodya a été tué au front » – sauf que je n'ai pas réussi à le faire calmement, comme elle l'avait fait.

Quand je suis arrivée chez ma mère, nous n'avons tout d'abord pas vraiment su quoi nous dire. Je ne savais même pas si je devais la prendre dans mes bras. Nous nous sommes d'emblée tacitement entendues sur le fait que nous devions organiser notre voyage imminent. Nous avions devant nous une tâche à remplir. De tels moments laissent peu de place aux émotions. Ce n'est peut-être pas plus mal.

Quelques minutes avant mon arrivée, le commandant de mon frère avait demandé à ma mère si elle voulait voir les photos de son corps tel qu'on l'avait retrouvé. Elle avait dit oui. Il venait de les lui envoyer sur son téléphone au moment où je suis entrée chez elle. On y voyait mon frère allongé sur le sol boueux et noir. Sa tête était ceinte d'un linge blanc et du sang rouge suintait d'un côté. Était-il encore conscient quand on lui avait fait ce bandage ? Avait-il senti une présence humaine au moment où la vie s'écoulait en dehors de lui en même temps que son sang ? Ou était-il totalement seul quand il était mort ? Avait-il su qu'il allait mourir ? Nous n'avions personne pour répondre à nos questions. Pour l'instant, nous n'avions que ces photos. Ma mère et moi les avons regardées ensemble. D'abord en silence, puis en gémissant. Tout bas. Ensuite j'ai réservé nos billets d'avion pour l'Ukraine et je suis rentrée chez moi faire mes valises. Ma mère est restée chez elle pour faire les siennes et nous avons convenu de nous retrouver à l'aéroport le lendemain matin. J'étais soulagée à l'idée que nous pourrions arriver à Lviv juste avant lui.

La semaine qui a suivi m'a fait l'effet d'un mauvais rêve dont je n'arrivais pas à me réveiller. Je n'avais jamais réalisé à quel point le chagrin peut vous démolir, ni imaginé qu'un décès pouvait devenir un cauchemar bureaucratique à la Kafka. Et je me suis rendu compte à quel point j'étais mal préparée à l'événement auquel je m'attendais dans un coin de ma tête depuis près de deux ans.

L’enterrement, première partie

Les portes vitrées se sont ouvertes et nous nous sommes retrouvées face à des dizaines de paires d’yeux, qui toutes guettaient l’apparition de quelqu’un en particulier dans le hall des arrivées. Comme il était prévu qu’on vienne nous chercher, nous avons marqué un temps d’arrêt, en scrutant la foule des gens qui pour la plupart regardaient derrière nous. Cela faisait des années que ma mère n’avait pas mis les pieds dans cet aéroport. Elle n’avait jamais vu le nouveau terminal rutilant, construit pour l’Euro 2012. Elle avait l’air complètement perdue, comme une enfant. Je savais qu’il fallait que je prenne les choses en main. Je retourne régulièrement dans ma ville natale, alors que c’était seulement la deuxième fois en dix-sept ans qu’elle y revenait. La première fois, c’était pour le mariage de son fils cadet. Cette fois-ci, c’était pour l’enterrement de son fils aîné.

J’ai commencé à imaginer la suite des opérations : envoyer un SMS à mon père pour l’informer que nous étions arrivés à bon port (son état de santé ne lui permettait pas de venir avec nous assister aux funérailles), prendre un taxi pour rejoindre l’appartement de location, faire un saut dans une petite épicerie pour acheter du café et du pain. Mes réflexions furent interrompues par un groupe d'inconnus qui s'approchaient de nous en disant quelque chose. Le seul mot qui arriva jusqu'à mon cerveau fut celui de « condoléances ».

Les personnes qui étaient venues à notre rencontre – une femme avec un enfant (dont je n'arrêtais pas de me dire qu'il aurait dû être couché à une heure pareille) et un homme en uniforme – nous ont invitées à nous asseoir dans un café déserté de l'aéroport ; il était déjà plus de minuit. La femme et l'homme en uniforme se sont présentés et ont entrepris de nous expliquer quelque chose au sujet des jours suivants. J'avais vraiment beaucoup de mal à me concentrer, mais je savais qu'il fallait que je mobilise mon attention. J'ai fouillé mon sac à main pour en sortir un petit bloc-notes que je prends d'habitude quand je pars en voyage d'études, trouvé un stylo et commencé à écrire, un peu comme je le fais quand j'organise des entretiens dans le cadre de mes recherches.

Lundi
10 h – morgue, <u>rue Pekarska.</u>
Mardi
~~11 h 30~~ 11 h 15 – morgue.
11 h 30 – aller à l'église. Église des Saints-Apôtres-Pierre-et-Paul.
12 h – obsèques.
13 h – cimetière de Lytchakiv.
Enei ou Eurohotel

Les personnes venues nous accueillir avaient aimablement pensé à tout, jusqu'aux restaurants où nous pourrions recevoir après les obsèques : on nous recommandait l'Enei ou l'Eurohotel comme étant les plus indiqués, parce qu'ils n'étaient pas trop onéreux et qu'ils se trouvaient à quelques minutes à pied du cimetière. Jamais je n'aurais pensé que les mots « morgue » et « Eurohotel » figureraient un jour sur la même page de mon bloc-notes.

Mes notes se poursuivaient avec des noms, des numéros de téléphone, des horaires et des lieux. J'ai l'agaçante manie d'ouvrir mon bloc-notes à la première page vierge que je trouve et de commencer à écrire, si bien que mes notes finissent par être dispersées dans tout le carnet, parfois écrites à l'envers. Mais en l'occurrence, cela reflétait beaucoup mieux mon état d'esprit du moment que si elles avaient été prises avec ordre et méthode.

Liuba. C'était le nom de la femme accompagnée de l'enfant qui aurait dû être couché à l'heure qu'il était. Elle avait l'air de quelqu'un avec qui on aurait plaisir à prendre un verre. Pleine de vie et d'énergie, elle avait à peu près mon âge et était donc assez mûre pour faire face aux défis que la vie mettait en travers de sa route, tout en restant assez jeune pour avoir l'énergie de les relever. Son regard était celui d'une femme qui avait connu la souffrance. Sinon la sienne, du moins certainement celle des autres. En abondance. Elle nous a mises aussi à l'aise que possible en pareilles circonstances. C'était elle qui nous disait exactement quoi faire, où aller et qui contacter en cas de problème. Elle m'a donné son numéro de portable (dans mes notes, je l'avais surligné en bleu) en me disant que je pouvais la joindre n'importe quand. Elle le pensait. Je n'ai pas tout à fait compris en quoi consistait son travail, si ce n'est qu'elle devait accompagner des familles comme la nôtre, même si ça exigeait de trimballer son enfant dans toutes sortes d'endroits à toute heure du jour et de la nuit. Assis non loin de là, le petit garçon attendait patiemment que sa mère termine une journée de travail qui aurait dû être finie depuis longtemps. En ce qui me concerne, Liuba a été notre ange gardien depuis le moment où nous attendions, perdues, dans le hall des arrivées, et pendant quelques mois.

L'homme en uniforme s'appelait Oleh. J'ai noté son nom de famille dans mon bloc-notes, mais dans mon esprit il est resté « Oleh, l'homme en uniforme ». Il travaillait pour le commissariat militaire. Bien plus tard, nous avons appris qu'il y était déjà en poste quand Volodya s'était engagé. C'était aussi lui qui devait par la suite remettre à ma mère l'Ordre pour le Courage, décerné à mon frère à titre posthume. Oleh était sérieux et zélé. Comme Liuba, il devait avoir à peu près mon âge, mais son air sévère et l'uniforme le vieillissaient. Ayant grandi dans l'Ukraine des années 1990, où les forces de l'ordre ne respectaient pas la loi, je n'éprouve en général pas une sympathie immédiate pour les gens en uniforme. Je préfère les éviter à tout prix. Mais cet homme-là semblait d'une certaine manière accessible. Contrairement à Liuba, qui prenait en charge toute la conversation et les explications, Oleh ne disait pas grand-chose. Il nous regardait patiemment, silencieusement et franchement. Il ne cherchait pas à fuir notre regard, alors que cette situation était loin d'être confortable pour lui. Cela m'inspirait du respect. Ces deux personnes ont rendu les jours suivants un peu plus supportables.

Nous avons terminé notre point et trouvé un taxi pour nous rendre à l'appartement de location. Je pensais que l'épuisement me permettrait de trouver le sommeil, mais non. On m'avait dit que le corps de mon frère était déjà arrivé à Lviv et je me demandais où il était. Ma mère, dans la chambre d'à côté, devait croire que je ne l'entendais pas. Mais si. De temps à autre, je percevais des gémissements étouffés. Puis le silence. Puis de nouveau des sanglots en sourdine. La nuit passa tout de même.

Le lendemain matin nous nous sommes retrouvées dans la cuisine avant d'aller à la morgue, comme je l'avais noté dans mon bloc-notes. Est-ce qu'on prend un café avant d'aller à la morgue ? Il n'était pas question pour nous de prendre un petit-déjeuner. Ce ne serait pas passé. Je ne me souviens plus si nous avons pris un café. Je ne me souviens plus comment nous sommes arrivées à la morgue. Je me souviens seulement d'y avoir retrouvé mon frère, ou plutôt son corps. C'était le premier des trois moments que je redoutais le plus.

Lénine

La première idée qui m'a traversé l'esprit quand je l'ai vu à la morgue, c'est qu'il ressemblait à Lénine. Il n'avait jamais ressemblé à Lénine de son vivant. Je me suis dit que je devenais folle. Il avait le front haut et une barbichette, comme Lénine sur les photos que j'avais vues dans mon enfance, et ça a dû me faire penser à Lénine couché dans son mausolée.

J'avais toujours envié le front haut de mon frère. J'aurais voulu avoir le même. Mais le mien a toujours été plus bas. Je n'ai jamais pu me tenir la tête haute comme lui. Fier. Effronté, même. Quand nous étions enfants, il montait à cheval, prenait des cours d'escrime et était excellent nageur. Moi je chantais des chansons et je faisais du théâtre. J'étais incapable de monter à cheval, de faire de l'escrime ou de nager. Lui apprenait les langues (l'anglais, le polonais, le néerlandais) en voyageant, rien qu'en passant du temps avec les gens. Moi je devais me donner beaucoup de mal. Il philosophait sans même le vouloir. Moi j'accumulais les diplômes, mais je ne me sentais jamais à la hauteur auprès de lui. Lui était un artiste de talent, et moi je n'étais même pas fichue de dessiner un bonhomme. Je l'admirais, je lui en voulais, je le redoutais et, toujours, je l'aimais. Quoi qu'il arrive.

Et maintenant je me reprochais d'avoir pensé qu'il ressemblait à Lénine.

J'avais eu très peur d'entrer dans la morgue. J'étais effrayée à l'idée de voir les cicatrices, les plaies, les fractures. J'avais déjà lu le rapport de la commission médicale qui était arrivé du front : « Fracture du crâne provoquée par un éclat d'obus. Compression cérébrale. Blessures mortelles reçues dans le cadre des opérations militaires. Les blessures et la cause de la mort sont liées à la défense de la patrie. » J'avais visualisé tout ça dans ma tête de manière assez précise. Je m'étais préparée le mieux possible pour la morgue. Mais, quand nous sommes entrées, la seule idée qui m'est venue, c'est qu'il ressemblait à Lénine. Sûrement à cause de son front haut.

Il avait l'air de dormir. Son visage était paisible. Il y avait une toute petite plaie au-dessus de la tempe droite. Et une large entaille à l'arrière du crâne, mais elle était judicieusement recouverte par le coussin, si bien que nous pouvions à peine la voir. Son uniforme était propre et neuf. Je me suis demandé à qui revenait la tâche de passer ces uniformes neufs aux soldats morts avant de les rendre à leur famille. Les gens qui faisaient ça étaient les vrais héros. J'ai remarqué que les bottes qu'il portait étaient toutes neuves et je me suis dit que c'était dommage que des bottes neuves partent dans un cercueil, alors que tant de soldats en auraient eu besoin au front. Je m'en suis voulu d'avoir eu une telle idée.

Je me suis surprise à penser que j'étais heureuse que nous puissions l'enterrer. Tant de gens sont portés disparus, meurent quelque part au milieu d'un champ de mines et ne sont jamais retrouvés ; tant d'autres sont tués dans les caves de ceux qui les ont faits prisonniers – et même si leurs corps sont rendus à leur famille, ils ne sont pas toujours reconnaissables. J'avais de la chance. Je pouvais dire au revoir à un corps qui ressemblait à mon frère.

J'ai tenu sa main. J'ai caressé son visage. J'avais envie d'embrasser son front haut, mais j'avais peur que ça ne lui plaise pas. Il n'avait jamais été du genre tactile, en tout cas c'était ce qu'il voulait nous faire croire.

Plantée là, je me suis rendu compte que le visage dans le cercueil ne ressemblait plus à celui de Lénine. Ces traits étaient indéniablement ceux de mon frère. En le regardant, je me suis souvenu de l'époque où il venait me chercher à l'école. Il avait horreur de ça, mais moi j'adorais, parce que quand mon grand frère venait me chercher, tous les garçons voyaient qui il était, et du coup jamais plus ils n'oseraient m'embêter ! Je babillais sur tout le chemin du retour. Il ne décrochait pas un mot. Je pense qu'il ne m'écoutait pas. Ça m'était égal. Je lui ai pardonné de ne pas m'avoir écoutée à cette époque.

Je lui ai aussi pardonné beaucoup de choses par la suite. De m'avoir envoyé des messages cruels quand le syndrome de stress post-traumatique prenait le dessus. De ne pas m'avoir envoyé de message du tout pendant des mois. De s'être engagé dans l'armée de son propre chef. De s'être fait tuer. Je lui ai tout pardonné en même temps que je trouvais le courage d'embrasser son front haut.

L'enterrement, deuxième partie

Nous avons quitté la morgue, et Liuba était de nouveau là. J'ai été heureuse de retrouver son visage. Il voulait dire que nous n'étions pas seules.

« Il faut que vous voyiez le prêtre et que vous achetiez du pain pour la messe de ce soir », m'a-t-elle dit.

Voir prêtre. Acheter pain, ai-je écrit dans mon bloc-notes.

« Vous pouvez acheter la couronne mortuaire chez le fleuriste, là-bas. »

À tous les coups, j'aurais oublié la couronne.

Acheter une couronne, ai-je écrit.

« Est-ce que vous avez pris une décision concernant le restaurant pour la réception funéraire ? Ils sont tous les deux dans le quartier. Vous n'avez qu'à y faire un saut en partant pour tout mettre au point, le menu et le reste. »

Passer à l'Enei, ai-je écrit.

Je ne me voyais pas inviter les gens après l'enterrement dans un restaurant qui s'appellerait Eurohotel, j'avais donc opté pour l'Enei. Enei, c'est Énée en ukrainien, le héros troyen de l'*Iliade* d'Homère et de l'*Énéide* de Virgile. Dans la culture ukrainienne, c'est aussi un personnage un peu comique à cause du poème

VIIIe siècle qui raconte ses aventures sur un mode …o-héroïque. Tous les petits écoliers connaissent cette version burlesque, sinon grâce à l'hilarant et audacieux texte original d'Ivan Kotlyarevsky, du moins grâce à son adaptation en dessin animé. Le poème transforme les héros classiques en Cosaques ukrainiens, en vagabonds perpétuellement en quête d'aventures quand ils ne sont pas en train de se soûler. Je me disais que mon frère aurait approuvé qu'on organise sa réception funéraire dans un établissement qui portait le nom d'un sympathique voyou courant les routes.

Je me suis rappelé que la dernière fois que j'étais allée dans des restaurants de ma ville natale pour choisir des menus, c'était pour aider Yura, mon autre frère, à organiser son mariage. J'ai noté avec surprise à quel point certaines formalités se ressemblaient : voir le prêtre, choisir des fleurs, trouver un restaurant, choisir le menu, inviter des gens. Comme un mariage, un enterrement est un rituel social.

« Ensuite, il faudra que vous alliez dans telle administration récupérer l'acte de décès de votre frère, a continué Liuba.

– On ne pourrait pas faire ça après les funérailles ? j'ai demandé.

– Non, vous en avez justement besoin pour les funérailles », m'a-t-elle patiemment expliqué.

J'ai écrit : « Récupérer acte de décès. Urgent. Demander à Yura acheter pain pour prêtre. » L'emploi du temps devenait trop chargé pour que je puisse m'en sortir seule. Yura était avec moi et j'étais contente de pouvoir lui déléguer au moins certaines tâches.

Quand nous sommes arrivées à l'état civil, une femme en manteau de fourrure, qui avait interrompu sa pause déjeuner spécialement pour nous, m'a demandé de lui remettre le passeport de mon frère. Ce que j'ai fait. Elle l'a pris et elle l'a remisé dans un de ses tiroirs.

« Vous n'allez pas nous le rendre ? », ai-je demandé.

Je ne voulais pas me séparer du moindre bout de papier qui avait appartenu à mon frère. Et encore moins de son passeport !

« Non, nous devons l'archiver », m'a-t-elle expliqué.

Dans ma famille, les passeports sont importants. Que cela leur plaise ou non, les immigrés s'identifient au leur. Ce petit livret devient à la fois leur bon de sortie et un constant rappel de la mère patrie. Il devient partie intégrante leur identité. Quand on fait la queue pour franchir une frontière, on apprend à deviner quel passeport détiennent les gens rien qu'à voir la tête que font les douaniers. S'ils sourient, son propriétaire doit venir de l'Union européenne ou d'un autre État « civilisé » ; s'ils se renfrognent et se mettent à tourner les pages comme s'ils cherchaient une information cachée, alors son propriétaire est sans doute « l'un des nôtres », un de ces individus à part qui viennent d'un pays pauvre, suspect, et dont le passeport peut être davantage un handicap qu'un atout pour courir le monde.

J'aurais voulu garder celui de mon frère. Avec ses tampons et ses visas, il m'aurait rappelé sa vie en Europe occidentale, les multiples tribulations de mon Énée à moi. Malheureusement, les choses sont ainsi faites qu'un passeport cesse d'être valide quand son propriétaire n'est plus et qu'il doit être archivé. Je l'ai donc abandonné à la femme en manteau de fourrure et j'ai reçu en échange un acte de décès. C'était un piètre substitut au passeport ; il n'avait aucune histoire à raconter. Du moins, son histoire n'était pas aussi rocambolesque et palpitante que celle du passeport. Cela ne me paraissait pas un point final adéquat à mon Énéide.

Plusieurs autres bureaux, des passages à la morgue et au restaurant, des millions de coups de fil et une autre nuit blanche plus tard, le lundi fut enfin derrière nous.

Nécrologie

Quand nous sommes rentrées à l'appartement de location après nos passages à la morgue, à l'état civil et au restaurant, j'ai trouvé de nombreux messages de condoléances sur mon téléphone. J'ai aussi découvert des posts Facebook sur lesquels j'étais identifiée. Ils partageaient les nécrologies qui commençaient à être publiées dans la presse régionale. Après avoir répondu aux messages personnels, j'ai entrepris de les lire.

Il s'avère qu'on peut apprendre bien des choses dans les nécrologies. Y compris des choses qui ne se sont jamais produites. Ces passages-là étaient bien entendu les plus intéressants. Les auteurs de ces notices doivent se sentir obligés de rendre le sujet de leur texte aussi admirable et important que possible. Malheureusement, il faut se rendre à l'évidence : rares sont les gens particulièrement admirables et plus rares encore les gens importants. Les rédacteurs n'ont donc d'autre choix que de broder, d'enjoliver.

Les notices consacrées aux soldats morts sur le champ de bataille semblent répondre à un modèle. Le premier paragraphe donne les faits bruts : untel ou unetelle servait dans telle unité et a trouvé la mort à tel âge à tel endroit en remplissant son devoir de défense de la patrie. Le deuxième paragraphe parle de l'humanité du disparu. Il est censé nous aider à nous identifier à lui ou elle. Ce peut être une phrase prononcée par un parent ou un ami : « C'était un artiste de talent » ; « elle avait trois enfants en bas âge ». Quand c'est une femme qui est morte, on met généralement en avant ses enfants plutôt que son métier ou ses faits de gloire militaires.

« Il adorait sa ville natale » : voilà une phrase qu'on retrouvait dans la plupart des nécrologies de mon frère. Et c'est vrai, Volodya aimait profondément Lviv. Il n'arrivait pas à comprendre pourquoi je ne voulais pas retourner y vivre. Je lui expliquais que j'avais l'impression d'avoir trop grandi, comme on devient trop grand pour porter les vêtements qu'on préférait quand on était enfant : on les aime encore et on ne veut pas s'en séparer, mais on ne peut plus les mettre. Que le Lviv de notre enfance n'était pas le Lviv d'aujourd'hui. Lui voyait les choses autrement. Je crois que pour lui la ville était ce qu'il en faisait dans son imagination.

Comme moi, mon frère a vécu de nombreuses années loin de Lviv. Principalement aux Pays-Bas, mais curieusement les notices indiquaient qu'il était en Belgique. Il suffit que le premier journaliste commette une erreur pour que tous les autres la reprennent. Vérifier les faits n'était manifestement pas une priorité pour ces auteurs, qui avaient donc délocalisé mon frère des Pays-Bas à la Belgique. Mais entre un pays riche d'Europe occidentale et un autre, quelle différence ? Pour la plupart des lecteurs, la Belgique et les Pays-Bas représentaient la même chose : l'Occident, la prospérité, pas de guerre et aucune nécessité d'aller à la guerre.

L'Europe occidentale constituait un cadre idéal pour le troisième paragraphe, celui qui parle de la décision héroïque d'aller au front. Il faut avoir quelque chose à laisser derrière soi pour que la décision de s'enrôler soit réellement héroïque : si vous n'avez rien de précieux à quitter (des enfants en bas âge, un travail de rêve, une existence confortable à l'Ouest), alors vous n'avez rien de précieux à perdre. À part la vie, mais sa valeur est douteuse. Autant aller au combat. Rien d'héroïque là-dedans. Dans la nécrologie de mon frère, le troisième paragraphe se présentait donc comme suit :

« Il a vécu très longtemps à l'étranger : en Angleterre et en Belgique. Alors qu'il avait un bon emploi à l'étranger, il n'a pas craint pas de regagner la mère patrie dès qu'il l'a pu pour combattre dans l'Est. Car chacun de nous devrait se sentir responsable de l'avenir du pays. »

Ou quelque chose de ce goût-là.

Emphase mise à part, un tel paragraphe serait parfaitement à sa place dans une nécrologie. Le seul problème, c'est que presque rien n'y était exact. Premièrement, je l'ai dit, c'était aux Pays-Bas qu'il avait vécu. Il était venu deux fois au Royaume-Uni et je ne sais même pas s'il avait jamais mis les pieds en Belgique. Deuxièmement, il n'avait pas un bon emploi dans l'Ouest. Peu d'immigrés en ont, surtout ceux qui viennent de pays relativement pauvres comme l'Ukraine. Sauf si l'idée que vous vous faites d'un bon emploi, c'est de gagner le salaire minimum en travaillant sous contrat précaire parce qu'il y a toujours une file d'attente d'immigrés prêts à prendre votre place, de faire vingt kilomètres à

ur aller au travail pour économiser sur les frais
nsport et d'avoir régulièrement droit à des insultes xénophobes de la part de votre employeur parce que… Eh bien, je ne sais pas pourquoi les gens éprouvent le besoin irrépressible de faire des réflexions xénophobes aux immigrés qui travaillent pour eux, mais c'est une réalité. Sauf que, si vous avez quitté un emploi bas de gamme ou si (à Dieu ne plaise) vous n'aviez pas d'emploi du tout avant de vous engager, voire (hypothèse encore plus effrayante) si vous vous êtes engagé *justement* parce que vous n'aviez pas d'emploi et que l'armée était un moyen de gagner votre vie, ça ne va pas faire bien dans votre nécrologie.

La troisième inexactitude, peut-être la plus contrariante, c'était qu'il n'était pas rentré pour défendre la patrie. Il l'aurait peut-être fait s'il avait encore vécu à l'étranger au moment où la guerre avait éclaté, mais en l'occurrence il était rentré depuis plusieurs années. Pourquoi ? Pourquoi de nombreux émigrés rentrent-ils au pays ? Parce qu'ils en ont assez de mener la vie d'un immigré qui ne s'intègre jamais, qui n'est jamais tout à fait à sa place ; ils en ont assez que leur nom soit toujours écorché, même par ceux qui se donnent du mal, même par ceux qui le disent avec amour. Parce que souvent rien ne les retient à l'étranger. Parce que tant qu'ils sont loin, ils imaginent le pays de leur jeunesse exactement tel qu'ils voudraient qu'il soit, indépendamment de ce qu'il est en réalité. Parce qu'il existe des millions d'autres raisons très banales qui n'ont rien à voir avec la défense de la patrie ou l'héroïsme.

Et, pour finir, il ne s'était pas engagé dès que la guerre avait éclaté. Pour une raison ou une autre, il n'avait pas reçu l'ordre d'appel qu'il s'attendait à recevoir ; il avait mûri sa décision quelque temps (attitude raisonnable quand la décision est susceptible d'avoir des conséquences fatales), avant finalement de s'engager volontairement. Il avait enfilé son ancien uniforme (celui qu'il portait comme conscrit dans les années 1990 et qu'il avait gardé en souvenir), s'était présenté au bureau de recrutement le plus proche (celui-là même où il avait été incorporé dans sa jeunesse) et avait indiqué qu'il souhaitait aller au front. Tout cela, je l'ai appris bien plus tard de la bouche des employés du commissariat militaire. Mon frère semble leur avoir fait forte impression : tous se souvenaient de cette scène et nous l'ont racontée avec enthousiasme, à ma mère et à moi, quand nous sommes allées chercher l'Ordre pour le Courage qui lui avait été décerné à titre posthume.

Résultat des courses : un court paragraphe et au moins quatre inexactitudes. Les notices dressaient sans la moindre équivoque le portrait d'un homme en pleine réussite qui, dans la fleur de l'âge, avait tout laissé tomber et s'était précipité pour sacrifier sa vie à sa patrie. J'imagine que j'aurais dû éprouver de la fierté à les lire. Le seul problème, c'était que je ne reconnaissais pas mon frère dans cette description. Non qu'il ne fût pas courageux ou qu'il ne se souciât pas de la patrie. Il l'était et il s'en souciait. Simplement la réalité était beaucoup plus terre à terre. Et, si je ne le reconnaissais pas dans cette description, et qu'en comparaison sa vie n'avait pas été à la hauteur (ou que sa mort n'avait pas été à la hauteur ?), est-ce que ça voulait dire que je ne devais pas être fière de celui qu'il était réellement et dont l'histoire ne correspondait pas à ce modèle héroïque ?

Ah oui, le modèle. On y laisse généralement un peu de place pour décrire une mort héroïque. Parce que la perte d'un soldat doit nécessairement être présentée comme héroïque – pas comme une erreur tragique, un accident ou un drame, mais comme un acte d'héroïsme désintéressé. Le problème, c'est que les morts sur le champ de bataille n'ont souvent pas grand-chose d'héroïque. Un ami de mon frère, la dernière personne à lui avoir parlé au téléphone, quelques instants avant sa mort, m'a raconté que les derniers mots qu'il l'avait entendu prononcer étaient « *Suka ! Bliad !* », ce qu'on pourrait plus ou moins traduire par « Merde ! Putain ! » Ils étaient en train d'organiser la permission de mon frère, programmée quelques jours plus tard, quand il avait entendu des explosions en bruit de fond et mon frère qui jurait. Ensuite la communication avait été coupée. On ne peut pas mettre ça dans une nécrologie, on est d'accord ? Ça a sa place dans la vie, ou dans la mort, mais pas dans une notice nécrologique.

Quand j'ai lu les nécrologies de mon frère, je me suis posé une question : si la réalité n'arrive pas à se faire une place dans ces notices, alors qu'y trouve-t-on ? Ces inexactitudes pourraient passer pour d'innocents embellissements, une astuce de journaliste pour donner à des gens ordinaires l'air un peu plus extraordinaire. Mais pourquoi est-ce qu'une vie perdue à la guerre, même sans intérêt et sans importance, ne mériterait pas d'être mentionnée dans les journaux ? Et, d'ailleurs, quelle vie jugeons-nous précieuse, et quelle vie serait négligeable au point de ne pas être digne d'une nécrologie ? Des vies humaines sont perdues au cours de cette guerre dans l'est de l'Ukraine, et il ne reste d'elles que leur mémoire. Mais quelle mémoire fabriquons-nous pour elles avec nos pieux mensonges ?

Quand j'ai lu les nécrologies de mon frère, je me suis demandé si les journalistes qui les avaient rédigées avaient conscience du fait qu'un soldat ou une soldate lisant une version enjolivée et se rendant compte que sa vie n'avait rien à voir avec celle qui y était racontée risquait de penser que lui-même ou elle-même ne valait rien. S'ils avaient songé une seconde à l'effet que ça faisait à la famille de lire une notice nécrologique et de ne pas réellement reconnaître leur cher disparu derrière tous ces embellissements. Au fait que cela risquait de ne pas favoriser le processus de deuil mais au contraire de l'entraver.

Quand j'ai lu les nécrologies de mon frère, j'ai eu peur ne serait-ce que d'imaginer ce qui serait écrit dans la mienne. Cela dit, je n'ai pas quitté ma vie en Europe occidentale pour défendre ma patrie, donc peut-être que je ne serai pas jugée digne de la moindre notice. Ce qui n'est sans doute pas plus mal.

Près de cinq ans plus tard, j'ai de nouveau fait l'expérience du traitement accordé à la mort de mon frère dans la couverture de l'actualité par les médias. Alors que se multipliaient les alertes sur une possible invasion à grande échelle de l'Ukraine par la Russie, je recevais des messages de journalistes britanniques qui cherchaient des moyens de continuer à intéresser leurs lecteurs à un événement qui ne s'était pas encore réellement produit. Espérant parler avec quelqu'un qui possédait un lien avec l'Ukraine, et donc avec la guerre qui était « sur le point d'éclater », ils s'adressaient à moi.

D'abord, il fallait que je leur explique que la guerre n'était pas sur le point d'éclater ; elle avait commencé huit ans plus tôt. Ensuite je disais que, pour certains, comme mon frère, elle avait même déjà pris fin, au moment où un éclat d'obus lui avait transpercé le crâne. Au début, ils m'écoutaient, mais dès qu'ils comprenaient que mon « lien » était déjà mort, ils m'interrompaient (quelquefois en me présentant leurs condoléances) et me demandaient si je connaissais quelqu'un qui se trouvait en danger immédiat. Mon récit ne cadrait pas avec celui qu'ils avaient mission d'écrire. La mort de mon frère était de l'histoire ancienne ; eux devaient écrire l'histoire du présent.

Peu de temps après ces échanges, le pays tout entier s'est trouvé en danger immédiat. Il ne manquait plus d'histoires appropriées à raconter. Mais lorsque les victimes ont commencé à se compter en milliers, elles aussi ont perdu rapidement de leur actualité et les médias du monde entier ont dû continuer à chercher des moyens de retenir l'attention de lecteurs dont la lassitude grandissait à chaque nouveau décès.

Sorcier

Les chemins que parcourut mon frère avant de trouver sa dernière destination furent nombreux et de plus en plus tortueux. Dois-je croire que, quelle que soit la voie empruntée, elle l'aurait conduit au même endroit ? Comment pourrais-je cesser de penser que, s'il était resté dans une Europe occidentale pas si accueillante que ça mais relativement sûre, il aurait échappé à l'étreinte mortelle des confins orientaux du continent ?

Les lumières d'une grande ville où régnait l'opulence ne l'avaient attiré qu'un bref instant avant qu'il ne s'en lasse. Comme pour tout ce qui est nouveau, notre enthousiasme pour un lieu n'a qu'un temps. Dès que nous apercevons ce qui se cache derrière les façades, que nous commençons à entendre le sens des mots étrangers qui résonnent autour de nous, que nos yeux s'habituent aux visages inconnus, nous vient la certitude que ce nouveau lieu diffère peu de l'ancien, et le désir d'autres découvertes.

Mon frère ne supportait pas qu'on lui rappelle en permanence qu'il était un étranger. Avec lui, ce n'était pas fait avec le paternalisme qui pousse souvent les gens à porter sur moi un regard exotisant, mais avec alité qui signifie : « On ne veut pas de toi rs il ne cessait de quitter les gens et les lieux, plorer son identité et parcourir de nouveaux s. Jusqu'à ce que son périple trouve une fin.

J'ai souvent essayé de retracer en pensée son itinéraire jusqu'à Amsterdam, où il a vécu, où il est tombé amoureux, où il a créé. J'ai essayé de comprendre comment cet itinéraire avait pu le ramener vers l'Ukraine, vers la guerre. Pour imaginer quelle fut sa vie, je ne peux guère me fonder que sur les bribes de conversation dont je me souviens et les dessins qu'il a laissés. Je m'invente des histoires pour donner un sens à la sienne. En voici une.

Il était une fois trois amis : le Sorcier, le Chat et l'Aigle. À moins qu'ils n'aient en fait été qu'une seule et même personne ? Nul ne le savait. Et cela n'avait pas d'importance. Même s'ils étaient trois, ils auraient aussi bien pu ne faire qu'un, car où qu'ils aillent, ils y allaient ensemble. Chacun d'eux avait une fonction utile aux deux autres : le Chat était celui qui recherchait le confort et l'attachement, qui désirait trouver un coin douillet qui serait son chez-lui ; la mission de l'Aigle était d'avoir une vision d'ensemble des choses, de prendre de la hauteur et de rappeler aux deux autres que tout ce qui se trouvait en bas était petit et insignifiant, y compris eux-mêmes, afin qu'ils ne s'attachent pas. Le Sorcier, quant à lui, était sage et intrépide. À lui revenait la mission de choisir les sentiers qu'ils suivraient tous les trois.

Un jour, ils se retrouvèrent dans une grande ville. Ils la sillonnèrent d'un quartier à l'autre, le long des canaux, en quête d'un lieu où s'installer. Vêtu d'un long manteau fermé par une simple corde, coiffé d'un grand chapeau et muni d'une grande canne qu'il tenait de la main droite, le Sorcier ne ressemblait pas à quelqu'un de là-bas. Il levait rarement les yeux sous son chapeau. La plupart des gens ne voyaient que ses cheveux longs, sa barbe et sa moustache, dans l'ombre du chapeau.

Ils parcoururent la ville en frappant aux portes pour demander aux habitants de ces maisons colorées s'ils avaient une chambre pour eux. Certains répondaient : « Désolé, l'ami, tout est pris » sans même ouvrir ; d'autres écoutaient le Sorcier, mais lui refermaient vite la porte au nez quand ils entendaient son curieux accent. Il y avait aussi ceux qui ne le laissaient même pas terminer sa phrase. « Pourquoi êtes-vous venus dans notre ville ? disaient-ils. Retournez d'où vous venez ! »

Ils continuèrent donc à marcher. Du temps passa ; ils voyageaient de quartier en quartier. Jusqu'à ce qu'un beau jour ils découvrent, à la périphérie de la grande ville, un étrange campement qui ne ressemblait à rien de ce qu'ils avaient vu jusque-là. Les habitants qu'ils y rencontrèrent étaient une bande de marginaux, de réprouvés et d'excentriques. On comptait parmi eux des Fées, des Lutins, des Elfes, des Loups-Garous (plutôt paisibles, finalement) et un Vampire qui avait vendu son château en Transylvanie et réduit la voilure avant de prendre sa retraite dans cette ville.

Le Sorcier savait qu'ils avaient trouvé l'endroit qu'il leur fallait. Tout le monde y avait un accent bizarre, qui ne ressemblait pas à celui des gens de la ville sur le seuil de leur maison. Personne ne leur disait de retourner d'où ils venaient. Ils étaient tous venus de quelque part et étaient désormais ici chez eux.

Les années se succédèrent, tous trois étaient heureux de passer leurs journées dans ce campement à la périphérie de la grande ville. Le Sorcier trouva le temps de revenir à sa grande passion : la peinture. Il peignit les Fées, les Lutins, les Elfes et même les Loups-Garous. Le Vampire était le modèle idéal : il pouvait garder la pose pendant des siècles si nécessaire.

Un jour, une jeune Sorcière de la ville découvrit par hasard le campement. Ses longues boucles rousses illuminèrent les lieux. Le Sorcier décida même de faire son portrait sur sa plus grande toile et elle apprit à parler la langue du Sorcier.

La phrase suivante pourrait être : « Et ils vécurent heureux et eurent beaucoup d'enfants. » Mais cela n'arrive que dans les contes de fées, pas dans la vraie vie des sorciers. Dans la vraie vie, un nouveau chemin attendait le Sorcier. Il était temps de le découvrir.

Et ce fut ainsi que le Sorcier, le Chat et l'Aigle repartirent à l'aventure dans des pays toujours nouveaux, où ils rencontrèrent et peignirent de nombreux visages. Mais quand on marche très longtemps, on a de fortes chances de retourner à son point de départ. Lorsque cela se produisit, quand ils se retrouvèrent dans la ville qu'ils avaient quittée tant d'années auparavant, bien avant de découvrir la grande ville, le Sorcier jugea qu'il était temps pour lui de créer sa dernière œuvre : il fit leur portrait à tous les trois.

Il les représenta tels qu'ils étaient durant les nombreuses années qu'ils avaient passées ensemble : le Sorcier en manteau et chapeau, muni d'une longue canne ; le Chat à côté de lui ; l'Aigle dans les airs au-dessus d'eux ; un long chemin familier et sinueux derrière eux. Ils venaient de franchir un panneau indicateur ; pointé dans la direction d'où ils venaient, celui-ci disait « Vie ». Ils poursuivirent leur chemin.

L'enterrement, troisième partie

Le mardi était le jour de l'enterrement. Nous suivions l'emploi du temps que nous avait donné Liuba et que j'avais noté dans mon bloc-notes. Nous nous sommes retrouvés à la morgue et nous sommes allés à l'église en corbillard, avec le cercueil.

L'église des Saints-Apôtres-Pierre-et-Paul est un édifice impressionnant. Construite au début du XVIIe siècle dans le style baroque, elle a survécu à l'iconoclastie de la période soviétique parce qu'elle servait de dépôt de livres. Ni ma mère ni moi n'y étions jamais entrées, car elle n'avait rouvert qu'en 2011, lorsqu'elle avait été transférée à l'Église grecque-catholique et à l'armée ukrainienne – le 6 décembre, date à laquelle on fête l'armée et qui se trouve aussi être le jour de l'anniversaire de mon frère. Historiquement, elle avait servi de lieu de culte pour la garnison de la ville et, après sa restauration, elle était restée consacrée aux forces armées. C'est là qu'étaient célébrées les obsèques des soldats de Lviv tombés dans le Donbass.

Outre les dorures et les fresques typiques d'un intérieur baroque, on découvrait dans cette église des objets qui rappelaient la guerre en cours : une croix en bouleau qui se trouvait à l'origine sur le front, une grosse douille, des photos d'orphelins de guerre. Il y avait aussi des photos de soldats de Lviv tombés au front. Elles étaient fixées sur un panneau qu'on agrandissait au fur et à mesure que de nouvelles photos venaient s'ajouter aux anciennes. En les examinant, nous en avions trouvé une de mon frère. Il était en civil, lunettes de soleil sur la tête, sa ville bien-aimée en toile de fond. Je louai ce petit miracle : je trouvais étranges les photos de lui en uniforme et je préférais le voir tel que je le connaissais, c'est-à-dire en civil.

Nous sommes descendus du véhicule et nous avons regardé un groupe de jeunes gens en uniforme prendre le cercueil pour le porter à l'intérieur de l'église. Je ne m'y attendais pas. Je croyais que ce serait une petite cérémonie familiale. Quand les porteurs sont entrés dans l'église, je n'en suis pas revenue de voir la foule qui se trouvait là. Je reconnaissais certains visages, mais la plupart nous étaient inconnus. J'ai appris depuis que les habitants de Lviv se rendaient aux funérailles des soldats tués dans l'Est même quand ils ne les connaissaient pas personnellement. L'église était pleine.

Les jeunes gens en uniforme ont monté la garde à côté du cercueil pendant tout l'office. L'un d'eux tenait un portrait de mon frère. Je voyais son visage à la fois sur le portrait et dans le cercueil ouvert, et je ne savais pas lequel me paraissait le plus réel. Ni l'un ni l'autre ne ressemblait vraiment à mon frère. Toute la cérémonie a été très guindée. Je plaignais ces jeunes gens ; quelle étrange mission pour un élève officier ! En même temps, s'ils avaient l'intention de devenir soldats, il était peut-être souhaitable que monter la garde aux funérailles d'un de leur camarade fasse partie de leur formation. C'est peut-être à ce moment-là qu'ils peuvent réellement décider si cette carrière est faite pour eux.

J'aurais voulu m'approcher du cercueil, mais c'était assez gênant, entre cette église remplie d'inconnus et la garde d'honneur. Cela dit, le plus gênant était encore la présence de la presse. Les journalistes semblaient partout, à filmer, prendre des photos. J'avais un peu pitié d'eux : comment trouver le bon angle et un éclairage correct pour repartir avec de bonnes images d'une cérémonie qui se déroulait dans une vieille église sombre ? Mais j'étais surtout agacée. Avec leurs projecteurs et leurs caméras, ils transformaient un des moments les plus intimes qui puisse être (le dernier adieu) en une sorte de représentation théâtrale. Je savais qu'ils ne faisaient que leur travail, mais la dernière chose dont nous avions besoin, ma famille et moi, c'était d'être filmés alors que nous étions terrassés par le chagrin.

La cérémonie s'est achevée et le deuxième des trois moments que je redoutais le plus est arrivé : la fermeture du cercueil. Ma mère a fait ses adieux juste avant, mais j'en ai été incapable. Mes jambes étaient de plomb. Je ne voulais pas que les journalistes photographient notre dernier au revoir. Lorsqu'on a refermé le cercueil, j'ai eu envie de crier : « Non ! Attendez ! Pas encore ! », mais je n'ai pas pu dire un mot. Pétrifiée, je les ai regardés le fermer, le soulever et l'emporter dehors.

Le souvenir que j'ai ensuite, c'est d'avoir vu ma mère abordée par un homme les bras chargés d'un gros bouquet de roses blanches sur le parvis de l'église. J'ai reconnu le maire de la ville et j'ai planté mes doigts dans son bras au moment où il remettait les fleurs. Je ne me rappelle plus exactement ce que j'ai dit, mais ce n'était pas « merci pour les roses ». En contrepartie de cette bonne occasion d'apparaître en photo avec une famille éplorée et un soldat mort, je voulais qu'il ressente au moins une infime partie de notre douleur.

Nous avons rejoint le cimetière en corbillard. Assise là, non loin du cercueil, j'ai eu pour la première fois de ma vie peur de mourir. J'étais terrifiée. Quand nous sommes passés devant le local des anciens combattants, nous avons vu des gens tenir un drapeau de plusieurs mètres de long : c'était leur manière de dire au revoir à l'un des leurs.

Nous sommes arrivés à l'entrée du cimetière le plus célèbre de la ville. Je le connaissais bien depuis mon enfance. J'aimais m'y promener au milieu des vieilles tombes polonaises, autrichiennes, ukrainiennes et soviétiques. C'était toujours une leçon d'histoire à ciel ouvert. Mon frère aussi aimait s'y promener. Un jour, il m'avait même raconté une anecdote amusante sur la fois où ses copains et lui avaient décidé d'y aller la nuit. Marchant entre les tombes, ils avaient rencontré une vieille femme. Pour vaincre leur peur et frimer devant les autres, l'un d'eux avait demandé :

« C'est laquelle de tombe, la vôtre, Madame ? Celle-là ou celle-là ?

– La mienne est là-bas, jeune homme », avait répondu la vieille en montrant une tombe non loin de là, à la grande terreur des petits chenapans.

Cette histoire m'avait toujours fait rire. Elle m'est revenue à l'esprit en entrant dans le cimetière.

Même en rêve, aucun de nous n'aurait jamais imaginé être enterré dans le cimetière le plus prestigieux de la ville. Lorsque, suivant le corbillard à pied, nous sommes passés devant les tombes des grands compositeurs, poètes, généraux et dirigeants politiques, j'ai eu du mal à croire que mon frère reposerait à jamais parmi eux.

Le cimetière de Lytchakiv est un endroit curieux. Toute une partie est y dédiée à divers carrés militaires. La nouvelle division destinée aux morts de la guerre en cours est venue s'ajouter aux tombes des soldats de la République populaire d'Ukraine et de l'armée ukrainienne de Galicie, qui combattirent pendant et après la Première Guerre mondiale ; à un monument au soldat inconnu de la division « Galicie » des Waffen SS, une unité composée d'Ukrainiens mais qui faisait partie des forces armées allemandes pendant la Seconde Guerre mondiale ; et à des tombes de combattants de la résistance nationaliste ukrainienne pendant cette même guerre. Ajoutez à cela que ce panthéon militaire se trouve tout près du cimetière des « aiglons de Lviv » (de jeunes Polonais qui défendirent la ville en 1918-1919), ainsi que d'une division qui accueille des tombes de soldats de l'Armée rouge tués au cours de la Seconde Guerre mondiale. À l'époque, ces armées s'affrontèrent : Ukrainiens contre Polonais, Soviétiques contre Ukrainiens, et ainsi de suite.

Il y a quelque chose de réconfortant à savoir que ces ennemis d'autrefois sont aujourd'hui réconciliés dans la mort, même s'ils sont cantonnés à des divisions différentes de la nécropole. Mais si vous allez un peu plus loin, vous découvrirez un autre site où se trouvent les sépultures des combattants de l'insurrection polonaise de 1830-1831. On y trouve des plaques commémoratives et une citation de l'*Énéide* de Virgile (l'original, cette fois-ci, pas la parodie) : « Lève-toi, qui que tu puisses être, vengeur de mes ossements ! » L'inscription a plus de cent ans, mais le message n'a rien perdu de sa force.

« Carré d'honneur militaire n° 76 », c'était ce que j'avais écrit dans mon bloc-notes pendant ma petite conversation avec Liuba à l'aéroport. Le corbillard s'est immobilisé juste avant que nous atteignions cette partie du cimetière et les jeunes gens en uniforme ont une nouvelle fois été requis pour porter le cercueil. Soudain, comme si la scène n'était pas assez déchirante comme ça, des haut-parleurs se sont mis à diffuser un chant folklorique ukrainien. Je le connaissais bien : il y est question d'un homme qui prévoit qu'il va mourir à la guerre et qui demande à sa mère de ne pas le gronder. Il avait résonné lors des funérailles des dizaines de manifestants assassinés par la police anti-émeute pendant la révolution de Maïdan en 2013-2014. Après avoir été diffusé lors de ces cérémonies, auxquelles des milliers de personnes avaient assisté sur place et que des millions de gens avaient suivies à la télévision ou sur internet, il était désormais aussi associé aux victimes de la guerre du Donbass : il devenait officieusement le chant national de lamentation.

Le chant s'est terminé. Nous étions proches de la tombe. Mon oncle, qui était aveugle depuis des années et qui ne voyait donc rien de tout cela mais dont le cœur devait être aussi brisé que le mien et celui de ma mère, s'est mis à crier : « Les héros ne meurent jamais ! Les héros ne meurent jamais ! » D'autres ont repris en chœur et bientôt les hommes en uniforme ont marché au rythme de cette psalmodie. Au cours des années de la guerre du Donbass, elle s'était répandue comme un cri de rébellion. Je savais que mon oncle et ceux qui s'étaient joints à lui voulaient bien faire, mais j'avais envie de hurler : « Mais arrêtez ! Vous voyez bien qu'il est mort ! On va le mettre dans une tombe ! » C'était le troisième des trois moments que je redoutais le plus.

Après l'hymne national, après une salve tirée depuis une hauteur du cimetière (suffisamment loin pour qu'on ne voie pas les tireurs, mais suffisamment près pour qu'on entende les tirs), on a fait descendre le cercueil dans la fosse et on l'a recouvert de terre. Je me cramponnais à ma mère pour la soutenir, mais en définitive c'est elle qui m'a soutenue.

Encore des photographes, encore des reporters. Une journaliste est venue me trouver en me demandant de témoigner devant une caméra. J'ai marmonné que ce n'était pas le moment. Elle a insisté. Je l'ai rabrouée en lui disant de me laisser tranquille. Le temps que je me retourne, elle interviewait ma mère. Deux politiciens m'ont abordée en me tendant leur carte de visite. Vu le sujet de mes recherches, disaient-ils, il pourrait m'être utile de rester en contact. Je ne voyais absolument pas en quoi mes recherches pouvaient bien les intéresser, ni comment ils avaient le culot d'échanger des cartes de visite au bord d'une tombe. J'imagine que, comme les journalistes, ils ne faisaient que leur travail.

Et puis, d'un seul coup, tout a été terminé. On a donné aux jeunes gens en uniforme l'ordre de s'en aller au pas cadencé. Les autres représentants officiels ont disparu avec le corbillard. Sur la tombe ne restait que la famille proche. Liuba est venue me dire au revoir et me rappeler que nous pouvions l'appeler à tout moment. Une nouvelle fois, elle le pensait sincèrement.

La représentation funèbre était terminée, et le véritable au revoir a commencé. Une de mes tantes a entonné un chant qu'on chante traditionnellement pendant le carême en Ukraine, sur Marie qui, au pied de la Croix, regarde son fils mourir. Un magnifique lamento. Enfin ma mère a fondu en larmes. Comme il fallait. Tant que d'autres gens étaient là, elle s'était contenue. Maintenant qu'il ne restait plus à ses côtés que le cercle des intimes, elle pouvait laisser s'exprimer ses sentiments. J'ai été envahie par une étrange paix. Toute la journée, j'avais été assaillie par des questions : Mon frère aurait-il aimé ces funérailles pompeuses ? Voulait-il une messe ? Aurait-il apprécié d'être enterré dans le carré d'honneur militaire n° 76 ? Aurait-il approuvé la salve d'artillerie ? Mais maintenant, j'y renonçais. Rien de tout cela n'avait plus d'importance. C'était la fin.

Je n'avais pas envie de quitter la tombe, mais il était l'heure d'aller au Enei, ce restaurant commode parce que proche et qui portait le nom d'une sympathique fripouille. Pour prendre le temps de m'y souvenir de la vie de mon frère avec des gens qui l'avaient connu tel qu'il était réellement.

Le lendemain, nous nous lèverions, nous prendrions un café et nous irions sur la tombe. Après cela, j'ouvrirais mon bloc-notes pour faire le point sur les tâches qu'il restait à accomplir.

Vingt-cinq dossiers

Combien de feuilles vingt-cinq dossiers peuvent-ils contenir ? Je méditais cette question alors que ma mère et moi attendions dans les locaux d'une caisse régionale de sécurité sociale. Il nous avait fallu nous y rendre dès le lendemain des obsèques pour régler d'autres questions administratives. La mort d'un soldat se révèle un processus nettement plus bureaucratique que ce qu'on en voit au cinéma. Les vingt-cinq dossiers que j'avais sous les yeux étaient de gros classeurs à anneaux, semblables à ceux que j'utilise pour conserver le matériel de mes cours. On peut y faire tenir un nombre considérable de documents pour peu qu'on ait un système de classement efficace. La pièce dans laquelle nous nous trouvions n'était pas la mieux organisée du monde, mais ces vingt-cinq dossiers y apportaient une touche d'ordre. Ils étaient soigneusement étiquetés :

Manifestations de Maïdan (un dossier)
Mandats (un dossier)
Victimes de guerre (un dossier)
Familles de victimes de guerre (un dossier)
Anciens combattants (vingt et un dossiers)

Le nom d'épouse de ma mère, le même que le mien, se trouvait archivé, sous forme dactylographiée et imprimée, dans un de ces dossiers, et son nom de jeune fille, le même que celui de mon frère, dans un autre. Bien d'autres noms que je connaissais étaient éparpillés dans ces classeurs. J'en connaissais certains de manière intime : c'étaient les mêmes que les noms de camarades de classe, de voisins, de gamins avec qui j'avais joué dans mon enfance. D'autres étaient des noms que j'avais simplement croisés : je les avais entendus dans des reportages, lus sur internet ou sur des pierres tombales. Et voilà qu'ils étaient triés par catégories, classés, archivés, pour que nos vies soient mieux rangées, pour organiser nos idées et nous procurer une sensation d'ordre.

Il y avait beaucoup de femmes qui archivaient des documents dans cette pièce. Leurs bureaux débordaient de papiers. L'archivage était nécessaire, car sinon la pièce allait être submergée, la paperasse inonderait le couloir où des gens attendaient avec d'autres papiers, puis se déverserait du bâtiment jusque dans la rue. C'est la ville tout entière qui risquait d'être engloutie si on n'archivait pas ces papiers. Mieux valait qu'ils soient à leur place, dans des dossiers. Si des noms se promenaient en liberté dans la rue, cela pourrait être dangereux, ils pourraient décider d'aller dans des endroits où ils ne sont pas censés aller : dans les bureaux de hauts fonctionnaires, sur la table de journalistes, dans les manuels scolaires. Ils pourraient continuer à agir de manière autonome, à nous réveiller en pleine nuit pour nous rappeler leur existence et la vie qu'ils auraient pu avoir s'ils n'avaient pas été archivés dans ces dossiers. Ou alors ils pourraient unir leurs forces, montrer leur nombre croissant jour après jour et ainsi faire pression sur nous. Les noms dactylographiés et archivés continuaient eux aussi à vivre, mais des existences discrètes, bien rangées.

Je contemplais ces vingt-cinq dossiers tandis que ma mère et moi attendions que les employées affairées appellent nos noms : son nom d'épouse, le même que le mien, ou son nom de jeune fille, le même que celui de mon frère. Des noms qui étaient déjà rangés dans les dossiers, imprimés et archivés, de sorte que deux de ces dossiers étaient légèrement plus épais et plus lourds.

« Khromeychuk ? a lancé une voix sévère. Vous êtes là pour le dossier Pavliv ?

– Oui, a dit ma mère d'une petite voix.

– Écoutez, Madame, vous, c'est Khromeychuk ou c'est Pavliv ?

– Khromeychuk. Pavliv, a répondu ma mère, désorientée.

– Dites, faudrait voir à vous décider, non ? On n'a pas non plus toute la journée. Vous en avez combien, des noms ? »

J'ai remarqué que ma mère avait l'air d'une enfant qui vient de se faire taper sur les doigts et qu'elle allait s'excuser pour une bêtise qu'elle n'avait pas faite. Je ne reconnaissais plus la superwoman indestructible qu'elle était pourtant, je le savais. Elle avait à peine pleuré pendant ces journées de cauchemar, elle nous avait soutenus, moi et le reste de la famille, ne se laissant qu'occasionnellement et discrètement aller à gémir comme un animal blessé au milieu de la nuit. Et voilà que, d'un seul coup, l'employée du bureau aux vingt-cinq dossiers allait la réduire aux larmes. Il n'en était pas question.

« Vous savez pourquoi nous sommes là ? j'ai demandé.

– Oui », a rétorqué l'employée avec hargne, légèrement surprise néanmoins de me voir devant son bureau.

La plupart des gens qui viennent dans ces locaux patientent sans rien dire et supportent la grossièreté du personnel parce qu'ils ne veulent pas qu'on les renvoie les mains vides en leur disant de revenir le lendemain, le surlendemain ou le mois suivant.

« Je vois que vous êtes mariée. Vous avez changé de nom au moment de votre mariage ? La plupart des femmes le faisaient en URSS, non ? »

Ma question l'a laissée ébahie. Comment est-ce que j'osais lui poser des questions sur sa vie privée ? C'était elle qui s'occupait des problèmes des autres ; sa vie à elle ne regardait personne !

« Oui, a-t-elle répondu, un ton en dessous de la première fois, sans doute plus par étonnement que par politesse.

– Alors qu'est-ce que vous trouvez à redire au nom de ma mère ? Elle aussi, elle en a changé quand elle s'est mariée. »

Ma question n'appelait pas de réponse, mais elle a provoqué un changement d'attitude de la part de l'employée.

« Vous avez les documents nécessaires ? » m'a-t-elle demandé posément.

J'ai sorti l'acte de décès fraîchement acquis, une photocopie du passeport de mon frère, ses papiers militaires, et je les lui ai tendus. Elle nous a demandé de patienter de nouveau.

Pendant ce temps, j'ai inspecté le reste de la salle : la zone d'attente était meublée de sièges miteux, il n'y avait qu'un ordinateur en état de marche pour tout le service et un seul cabinet de toilette pour tout l'étage – dont il était inutile de signaler l'emplacement parce qu'on pouvait le trouver à l'odeur. Je comprenais l'animosité de cette femme à l'égard de ma mère : elle la considérait comme une privilégiée parce qu'elle venait de l'étranger. Elle ne connaissait pas sa situation financière et ne savait pas quel genre de vie elle pouvait mener à l'étranger, mais tout devait forcément être mieux que de travailler dans ce bureau, pas vrai ? Voilà ce qu'elle avait dû se dire. Et voilà pourquoi, bien qu'elle connût la raison de notre présence, elle était retombée dans son insolence habituelle. Remarquant mon énervement, ma mère m'a pris la main et m'a dit de me calmer : ça n'en valait pas la peine.

Assises sur nos chaises, nous avons regardé cette femme photocopier les documents que nous lui avions confiés et les archiver. Elle est revenue vers nous.

« Vous pouvez y aller. Vos documents sont en sécurité ici. Nous veillerons sur eux. » Elle nous parlait avec ce qui ressemblait à du regret dans le regard.

Nous sommes sorties de la pièce. Nous y laissions un peu de nous-mêmes, parmi ces vingt-cinq dossiers. Et nous étions reconnaissantes à cette femme de veiller sur ce que nous laissions derrière nous.

Masha

« Tu ne m'appelles "Maria" que quand tu es fâchée contre moi. Tu es fâchée contre moi ? » me demande Masha quand je l'appelle par son prénom au cours d'un échange sur Skype. Et c'est vrai que j'étais fâchée contre elle à ce moment-là. Pour quelle raison ? Je ne sais plus. Sans doute que j'avais remarqué qu'elle s'était montrée trop amicale avec des ultranationalistes et que je pensais que c'était dangereux pour elle, pour sa cause, pour sa réputation. Je trouvais que c'était mal. Elle était d'accord avec moi, mais elle était moins naïve ou moins mère-la-morale que moi.

Il est étrange que je l'appelle Masha en temps normal : nous venons toutes les deux de l'ouest de l'Ukraine, où Maria devient Marichka, Marusia, mais jamais Masha. Masha, c'est le diminutif russe, et l'utiliser donne à penser que vous êtes russophone, ce qui n'est le cas ni de l'une, ni de l'autre. Mais c'est sous ce nom qu'on me l'a présentée la première fois et c'est le nom que je lui donne quand je ne suis pas fâchée.

C'est en 2014 que je suis entrée en contact avec elle. Je voulais l'interroger sur le rôle qu'elle avait joué dans le soulèvement de Maïdan. C'était peu de temps après la fin des manifestations ; le campement protestataire se dressait toujours au milieu de la ville de Kyiv, certains feux couvaient encore, des croix et autres sanctuaires improvisés fleurissaient aux endroits où des manifestants étaient tombés sous les balles. Le centre-ville avait des allures post-apocalyptiques. On se serait crus au lendemain d'une guerre. En réalité, la guerre ne faisait que commencer, mais nous n'en avions pas conscience le jour où nous nous sommes rencontrées.

Masha m'avait attendue pendant deux heures dans un petit café pour hipsters. Je lui avais envoyé SMS sur SMS pour lui dire que j'allais être en retard, et elle m'avait attendue. J'avais été retenue par la personne que j'avais interrogée avant elle, un ultranationaliste qui était arrivé très en retard à notre rendez-vous et qui empestait l'alcool alors qu'il n'était que dix heures du matin. L'entretien s'était révélé sans intérêt et je ne m'en suis pas servi pour l'article en vue duquel je l'avais réalisé. Celui avec Masha fut aux antipodes : il m'a donné assez de matière pour remplir un livre. Mais surtout, j'y ai gagné une nouvelle amie.

Quand je suis enfin arrivée au café, j'ai découvert une jeune femme qui faisait forte impression. Grande, avec de longs cheveux coiffés en une queue-de-cheval négligée, elle paraissait plus jeune que moi, mais dégageait une telle assurance que je me suis emmêlé les pinceaux quand j'ai voulu me présenter et m'excuser de mon retard.

« Vous êtes une scientifique britannique, alors », m'a-t-elle dit sur un ton sarcastique quand je lui ai dit que je vivais au Royaume-Uni. « Scientifiques britanniques » est une expression qu'emploient souvent les médias ukrainiens pour vanter une nouvelle invention, généralement sur le ton de la blague. « Les scientifiques britanniques confirment que ce laxatif est le remède le plus efficace contre la constipation » : voilà le genre de phrase qu'on peut entendre pendant les interminables coupures publicitaires à la télévision. Le sarcasme ne me paraissait pas un bon début pour un entretien, et je ne voyais vraiment pas comment rétablir la situation.

Masha s'est levée et m'a dit : « Allons dehors. J'ai besoin d'en griller une. » Je l'ai suivie docilement. Tout en fumant cigarette sur cigarette, elle m'a expliqué comment elle s'était retrouvée impliquée dans le mouvement de protestation. C'est alors seulement que j'ai remarqué que ses yeux d'un vert profond voyaient encore ces images de mort et de destruction. Elle avait l'air en état de choc et cherchait les mots qui lui permettraient de décrire de manière adéquate le malheur qui venait de les frapper, elle et son pays. Elle a fini par oublier qu'elle parlait à une « scientifique britannique », ou peut-être qu'elle s'est prise de sympathie pour moi, et elle m'a raconté les expériences qu'elle avait vécues à Maïdan telles qu'elles s'étaient gravées dans son esprit. C'était sa première interview. Elle ne savait pas encore à ce moment-là que des chercheurs et des journalistes lui poseraient des questions du même ordre dans les années à venir.

Masha est aujourd'hui bien connue en Ukraine. C'est le genre de notoriété que certains acquirent en peu de temps et sans s'y attendre au lendemain du soulèvement de Maïdan et au tout début de la guerre. Entre la fuite à l'étranger de Viktor Ianoukovitch et les élections présidentielles suivantes, militants et volontaires remplirent les fonctions de l'État et, à bien des égards, se montrèrent plus efficaces que le gouvernement. Ils collectaient tout ce dont l'armée avait besoin et réclamaient que ceux qui avaient tiré sur des civils pendant les manifestations soient châtiés. Beaucoup s'enrôlèrent et montèrent au front.

Pendant le soulèvement, Masha avait fait tout ce qu'elle avait pu, depuis la fabrication de cocktails Molotov jusqu'à des discours sur l'égalité des sexes. Après avoir été victime de discriminations de la part de manifestants masculins, elle avait obtenu l'autorisation de parler de l'égalité des droits sur la grande scène de Maïdan, mais avait dû attendre jusque tard dans la soirée que celle-ci se libère. Au moment où on allait lui donner le micro, plusieurs hommes (des manifestants, eux aussi) l'avaient retenue en lui disant :

« Tu sais quoi : ce que j'ai entre les jambes et ce que t'as entre les jambes, c'est deux choses différentes. Tu devrais t'en tenir à faire ce que tu sais faire : le borscht, la couture. »

Masha ne s'en était pas laissé conter. Elle était montée sur scène et avait prononcé son discours. En définitive, ce fut le premier d'une longue série sur la question des droits des femmes.

Quand la guerre a commencé, elle a fait son paquetage et elle est partie sur le front. Elle a appris toute seule à piloter un drone et créé une organisation qui enseignait à d'autres comment en faire autant. Elle soutenait qu'au XXIe siècle on ne devrait plus se battre avec des êtres humains, mais se servir des nouveaux outils. Et l'armée ukrainienne n'en manquait pas. Des associations de volontaires comme celle de Masha, la diaspora ukrainienne et les États occidentaux lui fournissaient régulièrement des drones, mais, au cours des premières années de la guerre, en raison du manque de formation des soldats, de l'excès de prudence des officiers et de la corruption des généraux, certains de ces engins soit n'arrivaient jamais sur le front, soit étaient stockés dans un entrepôt où l'on était sûr qu'ils ne seraient pas cassés. Comme le soulignait Masha, certains officiers craignaient de se faire passer un savon par leurs supérieurs s'ils endommageaient du matériel militaire. Apparemment, endommager des êtres humains les inquiétait moins.

Masha voulait faire changer tout ça. Elle organisait des formations gratuites et pilotait elle-même des drones sur le front. Elle y gagnait sur les deux tableaux : elle allait au front tous les deux ou trois mois et avait l'impression de contribuer de manière significative à l'effort de guerre, mais elle n'avait pas signé de contrat avec l'armée, qui ne pouvait donc pas la contrôler totalement. L'État bénéficiait lui aussi de la situation : une femme lui fournissait des drones et des formations gratuites, elle risquait sa vie sur le front et, s'il lui arrivait malheur, il n'en serait pas responsable. Dans l'appartement de Masha, sur son bureau, s'empilaient les demandes de diverses unités la priant de former leurs troupes – gratuitement, cela va sans dire.

J'admirais sa détermination. Mais je me rendais aussi compte que plus Masha et des gens comme elle s'engageraient dans la défense de la nation (alors que c'était la mission de l'armée de métier), plus l'État se dirait qu'il n'avait pas besoin d'agir. Quand je lui reprochais de permettre à l'État de rester les bras croisés pendant que les volontaires faisaient le gros du travail, elle me demandait en quoi arrêter de piloter des drones ou de donner des formations aiderait les combattants. Quand je lui disais de se montrer prudente dans ses amitiés avec des ultranationalistes (après tout, ils considèrent en général les féministes comme une menace à la sécurité nationale et sont les plus ardents défenseurs du patriarcat et de la discrimination entre les sexes, toutes choses contre lesquelles elle se battait farouchement), elle me répondait qu'il n'y avait que deux catégories de gens sur le front : les gens bien et les connards. On trouvait des nationalistes dans les deux catégories ; elle faisait de son mieux pour ne pas fréquenter les connards. Quand j'ai essayé de la persuader de faire une pause dans son combat pour sauver l'Ukraine et de prendre soin de sa santé, elle m'a souri en disant qu'elle allait le faire. Je n'ai été convaincue par aucune de ses réponses.

Dans son désir d'aider ceux qui se trouvaient sur le front, elle s'est efforcée de faire évoluer les lois sur le recrutement du personnel militaire afin de supprimer (ou du moins de réduire) les discriminations à l'encontre des femmes. Quand elle avait commencé à se rendre dans la zone de conflit, elle avait remarqué que celles-ci faisaient tout, depuis la corvée de cuisine jusqu'à la participation aux combats, et qu'elles étaient souvent responsables des deux en même temps. Du fait de restrictions légales, la majorité des fonctions militaires (et pas seulement celles liées au combat) étaient inaccessibles aux femmes. Moyennant quoi, des femmes snipers étaient enrôlées comme administratrices et des combattantes comme couturières. Là encore, l'État était ravi d'exploiter la bonne volonté de personnes qui acceptaient de risquer leur vie sans que cela ne lui coûte rien.

Quand elles étaient blessées, ces femmes se retrouvaient privées de toute protection : comment expliquer la plaie par balle d'une administratrice ? Et elles n'étaient pas correctement rémunérées, parce qu'on ne verse pas à une couturière de prime de participation aux combats. Leur statut n'avait strictement rien à voir avec celui de leurs collègues masculins. De fait, si les choses tournaient au drame et qu'une militaire dont le statut flirtait avec la légalité se faisait tuer, sa famille n'était pas indemnisée. On pouvait même lui reprocher d'être allée au front par choix : elle aurait dû savoir que ce n'était « pas la place d'une femme ». Enfin, bien sûr, ces combattantes étaient souvent victimes de harcèlement sexuel et de violences de la part de leurs compagnons d'armes, sans parler de l'ennemi si jamais elles avaient le malheur de se faire capturer.

Masha voulait aussi changer tout cela. Comme pour le pilotage de drones, elle pensait y arriver en agissant au sein de l'armée. Je lui expliquais qu'il était impossible de réformer une institution aussi patriarcale de l'intérieur, parce que, en la rejoignant, on ne faisait que la légitimer. Elle n'était pas d'accord. Nous avons eu de nombreuses discussions houleuses, après lesquelles il m'arrivait de croire qu'elle ne m'adresserait plus jamais la parole. À d'autres moments, elle trouvait mes arguments convaincants. Mon scepticisme ne l'a pas empêchée de persévérer : elle a fait pression sur le ministère de la Défense, encouragé les anciennes combattantes et les soldates à faire valoir leurs droits, critiqué l'armée ouvertement en tant qu'institution tout en apportant son soutien à la ligne de front au quotidien. Et ses efforts ont payé. Grâce à la campagne qu'elle avait lancée et menée, les lois discriminatoires ont été modifiées. Elle n'a pas obtenu l'égalité de traitement au sein de l'armée, mais elle a initié un premier pas déterminant dans cette direction. Plus important encore, c'est au moins en partie grâce au plaidoyer lancé par Masha et d'autres femmes comme elles que les soldates sont désormais considérées prioritairement non pas sous l'angle de leur appartenance sexuelle, mais comme des professionnelles qui ont fait le choix de s'engager dans l'armée.

Quand j'ai appelé Masha pour lui dire que mon frère avait été tué, elle se trouvait justement sur le front. Elle m'a dit qu'elle passerait voir l'unité dans laquelle il servait afin de récupérer ses affaires et de nous les rapporter. Sur la route du retour, sa voiture est tombée en panne. Une canne dans une main (elle était blessée à la jambe) et les affaires de mon frère dans l'autre, elle a dû prendre plusieurs trains pour rejoindre Kyiv. Quand j'y suis moi-même arrivée quelques jours plus tard, nous nous sommes retrouvées dans la petite cuisine de son vieil appartement de style soviétique et nous avons passé en revue les effets personnels de mon frère. Là, sur le sol de sa cuisine, s'étalait sa vie au cours des deux dernières années, et il nous revenait la tâche de l'inventorier objet par objet.

Après les obsèques et une semaine d'enfer bureaucratique, je pensais que le pire était derrière moi, mais je me trompais. Masha, ma mère, mon compagnon et moi-même avons tout passé en revue soigneusement et fait trois tas : ce qui pouvait être utile à d'autres (uniforme, bottes, sac à dos, etc.), ce qui pouvait être jeté (c'est-à-dire pas grand-chose, parce qu'on n'accumule pas beaucoup de bazar sur le front) et ce que nous voulions garder. J'ai pris le téléphone, des documents et un foulard kaki ; ma mère a gardé la cagoule trouée, certainement celle qu'il portait quand l'éclat d'obus l'a frappé ; et nous avons mis de côté un tee-shirt pour mon autre frère. C'est tout. Le tas des choses utiles était de taille tout à fait respectable et Masha s'est vu confier la mission de trouver un volontaire qui pourrait venir le chercher et s'assurer qu'il soit donné à ceux qui en avaient besoin. Elle l'a remplie en quelques minutes. J'ai vu à l'œuvre l'expérience qu'elle avait acquise sur le front. Elle a passé deux ou trois coups de fil et expliqué sur un ton factuel :

« Je suis avec la famille d'un combattant. Il a été tué au front. Ses proches veulent que ses affaires puissent servir à d'autres. Tu peux m'arranger ça ? »

Un volontaire est venu pour ainsi dire sur-le-champ. Ç'a été un immense soulagement : nous n'allions pas être obligés d'aller déposer ses affaires quelque part, ni de les mettre dans nos bagages pour les emporter, sans savoir quoi en faire, à part les regarder de temps en temps et pleurer de nouveau. Masha s'était occupée de tout ça avec diligence et efficacité. Nous lui en savions gré.

J'ai pu de nouveau mesurer son expérience de la guerre quand elle a appelé le commandant de mon frère, qu'elle connaissait du fait de ses activités de volontaire. Elle s'adressa à lui avec ce même ton factuel : « Bonjour. Je suis avec la famille d'un de vos soldats tombés au front. Est-ce que vous pourriez me dire comment il est mort ? Un instant, je vous mets sur haut-parleur. »

Jamais je n'aurais trouvé ce numéro toute seule et, à supposer que je l'aie trouvé, je n'aurais pas eu le courage de le composer. Je n'aurais pas cru que le commandant avait une quelconque obligation de me dire ce qui s'était passé dans la zone de conflit. Et je n'aurais pas non plus voulu le traumatiser en lui demandant des détails. Mais ce coup de fil que Masha a pris l'initiative de passer nous a énormément aidés – même si nous craignions de poser la question, nous avions bel et bien envie de savoir comment il était mort. Comme pour ses effets personnels, elle nous a permis de nous laisser faire pendant qu'elle prenait la direction des opérations. De nouveau, nous lui en avons su gré.

Nous avons appris que la dernière mission de mon frère avait consisté à se tenir dans une tranchée pour déterminer d'où venait le pilonnage ennemi et donner cette information à ceux qui pourraient répliquer.

Il avait réussi à transmettre des renseignements sur trois attaques. La quatrième l'avait emporté. Ce n'était pas une mission pour un humain. Un drone aurait très bien pu le faire. Par exemple un de ceux qu'on conservait dans un entrepôt pour ne pas les abîmer. Un de ceux avec lesquels Masha aurait pu former un nouveau soldat au pilotage. Mon frère, pourquoi pas ?

Masha et moi nous étions rencontrées en tant que chercheuse et témoin. Mais nous sommes devenues amies – parce qu'il n'y a qu'une amie pour rapporter les affaires de ton frère du front, t'aider à les trier sur le sol de sa cuisine et se renseigner sur les circonstances exactes de sa mort. Nous essayons de rester en contact, même si c'est difficile, avec le décalage horaire et nos vies bien remplies. Nous nous disputons sur beaucoup de sujets, mais, en fin de compte, je l'appelle quand même presque toujours « Masha ».

Une paire de bottes, deuxième partie

Le sac posé sur le sol de la cuisine de Masha à Kyiv était le même que celui que j'avais rempli près de deux ans plus tôt sur le sol de ma propre cuisine à Londres. Je ne reconnaissais pas beaucoup d'objets : l'uniforme n'était pas celui de l'armée britannique que j'avais acheté. Il était fait d'un tissu fin qui ressemblait à du plastique. Certains tee-shirts étaient ceux de ma liste d'achats, mais ils ne sentaient plus l'entrepôt comme lorsque je les avais reçus par la poste. Désormais ils sentaient la terre et l'humidité. La cagoule était là. Précisément celle que j'avais achetée. Si ce n'est qu'elle présentait maintenant un trou et plusieurs taches brunâtres. Certaines des croix en cuir étaient encore là. Peut-être qu'il ne les avait pas proposées à ses amis, ou peut-être que ceux-ci avaient pensé que si leur gilet pare-balles ne les protégeait pas, rien ne le ferait. Il y avait quelques préservatifs dans une petite pochette. Je n'avais pas pensé à ça quand j'avais fait ce sac bien des mois auparavant.

Il y avait un téléphone portable. Il n'était pas verrouillé, n'exigeait pas de mot de passe. Je ne savais pas si je devais consulter les textos, les photos et les vidéos. Ils ne m'appartenaient pas, et en même temps j'avais l'impression qu'ils pouvaient m'apprendre quelque chose. J'avais vraiment besoin d'indices sur sa vie au front. J'avais envie de voir s'il avait gardé les messages que je lui avais envoyés. Mais je savais qu'il n'aurait pas apprécié que je regarde le contenu de son téléphone sans son autorisation quand il était en vie. Alors pourquoi n'aurais-je pas eu besoin de son autorisation maintenant qu'il était mort ? Pour finir, j'ai décidé de jeter un petit coup d'œil. La tentation était trop grande. J'ai pris l'appareil sur le plan de travail où il était en train de se charger et découvert qu'il me demandait maintenant un mot de passe. Je ne comprenais pas comment une telle chose avait pu se produire. Quand je l'avais allumé environ une heure plus tôt, aucun mot de passe n'était exigé. Ça faisait un peu froid dans le dos. J'ai reposé le téléphone et je l'ai éteint.

Mais quelque temps plus tard, ma curiosité a repris le dessus et je l'ai rallumé. De nouveau, aucun mot de passe ! Sérieusement ? Pendant que je m'interrogeais sur la conduite à tenir, la demande de mot de passe est réapparue. Cette fois, c'en était trop pour mon cerveau fatigué. J'ai pris un verre d'eau et j'en suis arrivée à la conclusion que, quand la réalité frôle le paranormal, la seule bonne manière de réagir, c'est de faire usage de sa raison. J'ai de nouveau éteint puis rallumé le téléphone ; et, comme je m'y attendais, pendant quelques minutes aucun mot de passe ne me fut demandé. C'était le trou de souris dans lequel je devais me faufiler : ces petites minutes qui s'écoulaient avant que l'appareil ne se verrouille. Mais je ne me sentais toujours pas à l'aise à l'idée de lire ses SMS et de regarder ses photos. J'ai donc mis le téléphone de côté et décidé que je regarderais ça plus tard.

Il y avait aussi une pochette qui contenait des documents : une brève autobiographie rédigée à la main, des papiers militaires, des bons pour des voyages en train gratuits destinés aux soldats (inutilisés, pour la plupart), une liste de ses plus proches parents, des dessins de soleils et d'arcs-en-ciel faits par des écoliers à l'intention des soldats. Et un livre auquel manquaient des pages. Un roman de fantasy bizarre. J'imagine que de la fantasy bizarre, c'est ce dont on a besoin quand la réalité, bizarre elle aussi, devient insupportable.

Et ensuite, je les ai vues : les bottes de combat en Gore-Tex de l'armée britannique. Du 45. Elles étaient encore en très bon état, mais plus toutes neuves. J'imagine qu'elles répondaient désormais au qualificatif « déjà servi ». Elles étaient couvertes de boue. De cette terre ukrainienne noire, fertile et collante.

Je les ai emportées dans l'entrée de Masha, jonchée de paires de chaussures, certaines plus propres, plus neuves et plus colorées que d'autres. Celle que je tenais sur mes genoux se distinguait nettement du reste. Au milieu de ces chaussures civiles, les rangers militaires avaient l'air d'arriver d'une autre planète. J'ai pleuré pour la première fois depuis que j'avais reçu le sac. Mes larmes ont roulé sur mes joues et sont tombées sur les bottes. J'ai pris un chiffon et je les ai nettoyées. Avec douceur, comme je l'avais fait chez moi quand je les avais reçues par la poste. J'ai commencé par retirer la boue des semelles, puis j'ai nettoyé le reste et je les ai fait reluire. Je les ai caressées, comme je l'avais fait deux ans auparavant, et je leur ai glissé tout bas : « Bonne chance ! Vous allez pouvoir tenir quelqu'un d'autre au sec et au chaud. »

Volodya, deuxième partie

Quand nous avons passé en revue les affaires de mon frère chez Masha, nous avons trouvé deux épaisses enveloppes blanches reliées par un ruban blanc. Sur la plus épaisse on pouvait lire « 19 500 » et sur la plus mince « 6 790 ». Je ne les ai pas ouvertes, mais j'ai deviné qu'elles contenaient de l'argent : des hryvnias ukrainiennes, pour une valeur d'environ 600 et 200 livres sterling respectivement*. La plus épaisse appartenait à mon frère : au moment où il s'était fait tuer, il devait partir en permission quelques jours plus tard et il avait dû retirer presque tout l'argent de son compte en banque dans cette perspective. L'autre somme avait été collectée par ses camarades pour sa famille, pour nous, après sa mort.

Nous avions déjà trié le reste de ses objets personnels et nous nous étions entendus sur le fait que la plupart devaient être donnés à des volontaires qui en auraient meilleur usage. Ma mère et moi, sans même nous consulter, avons demandé à Masha de trouver un volontaire qui prendrait aussi les enveloppes. Nous étions reconnaissantes aux camarades de mon frère

* Environ 720 et 240 euros. *Ndt.*

d'avoir réuni cet argent à notre intention, mais nous n'avions rien dépensé pour les obsèques (sauf pour la réception au restaurant) puisque tout avait été réglé par l'État, et il était donc logique de donner cet argent pour venir en aide à d'autres personnes victimes de la guerre. Il en allait de même pour l'enveloppe de mon frère, dont il n'aurait jamais l'occasion de dépenser le contenu en permission.

« Salut ! Est-ce qui vous auriez quelqu'un qui serait gravement dans le besoin ? Exactement. Des médicaments ? Quel hôpital ? Okay, on y sera vite. »

Masha a reposé son téléphone. Comme toujours, l'efficacité des volontaires était impressionnante. Ils connaissaient un jeune homme qui avait besoin de soins médicaux de longue durée, mais qui n'avait accès à aucune aide publique. Il était tombé entre les mailles du filet : il s'était porté volontaire pour aller au front et avait été grièvement blessé juste avant d'être incorporé à une unité régulière. Il avait perdu la moitié de l'estomac, ses jambes étaient salement amochées et sa vie ne tenait plus qu'à un fil. Mais comme il n'avait pas encore été officiellement recruté par l'armée au moment où il avait été blessé, celle-ci se dégageait de toute responsabilité. Il errait d'hôpital en hôpital depuis dix-huit mois, complètement dépendant de l'aide des volontaires. L'un d'eux avait indiqué qu'il avait grand besoin d'argent pour s'acheter des médicaments. Nous avons donc sauté dans un taxi, direction l'hôpital.

Alors que nous parcourions ses longs couloirs froids, j'ai respiré cette odeur de médicament que je déteste depuis l'enfance et je me suis efforcée de ne pas attraper la migraine à cause des murs d'un bleu turquoise désagréablement vif.

Juste avant d'entrer dans la chambre, une volontaire nous a mises en garde :

« Vous savez, il sera peut-être de mauvaise humeur. Il y a beaucoup de chances qu'il refuse votre aide. Il lui arrive d'être un peu désagréable, ce qui peut se comprendre, bien sûr. Il n'a personne. Enfin, il a une famille, mais je n'ai pas l'impression qu'ils sont encore en contact.

– Comment s'appelle-t-il ? a demandé ma mère.

– Volodya. »

Ni l'une ni l'autre n'a rien dit.

« Quel âge a-t-il ?

– Quarante-deux ans. »

Je ne savais pas si j'allais avoir le courage d'entrer dans cette salle. Je ne savais pas si je pourrais supporter de rencontrer un homme qui avait l'âge et le prénom de mon frère, qui était grièvement blessé, dans un état épouvantable, et qui n'avait que les volontaires pour lui venir en aide, mais qui était vivant alors que mon frère était mort. Je ne savais pas si j'allais éprouver de la pitié, de la rancune ou tout autre chose encore. Plus important que tout, je ne voulais pas voir mon frère en lui. J'avais peur que nous n'ayons, ma mère et moi, envie de prendre soin de lui parce que nous n'avions pas pu prendre soin de mon frère, d'adopter en quelque sorte ce Volodya comme une pénitence pour avoir perdu le nôtre.

Nous sommes entrées dans la salle. La puanteur des médicaments et des détergents n'a fait qu'empirer.

Huit lits dans une chambre. Je n'avais vu cela que dans des films en noir et blanc sur la Seconde Guerre mondiale, où l'on voyait des héros soviétiques en convalescence après la bataille. La seule différence, c'était que cette salle était en couleurs et qu'elle disposait dans un coin d'une petite télévision à laquelle personne ne semblait prêter attention. Ce n'était pas le coup de baguette magique d'un cinéaste soviétique qui lui avait donné naissance. Elle était bien réelle. Certains patients déambulaient. L'un d'eux se tenait à la fenêtre. Volodya ne pouvait ni marcher ni se tenir debout. Il était alité. Il nous attendait.

Je ne sais pas si c'était mon esprit endeuillé qui me jouait des tours ou si ce Volodya ressemblait réellement un peu à mon frère. Il avait un beau visage fin et de longs cheveux châtains. Un regard profondément triste dans lequel passait de temps à autre un éclair de colère. D'instinct, j'aurais voulu m'asseoir à son chevet, lui prendre la main, essayer de le consoler et lui dire que c'était normal d'être en colère contre cet hôpital qui puait, contre cette télévision débile dans le coin, contre nous, qui étions venues sans y être invitées, pour lui proposer une aide qu'il n'avait pas demandée. Contre la guerre, contre la mine qui l'avait éventré, contre lui-même, contre le monde.

Au lieu de ça, je suis restée à l'entrée de la salle, je l'ai salué d'un signe de tête et j'ai laissé ma mère s'asseoir à côté de lui pour lui faire la conversation. Elle non plus n'avait pas trop l'air de savoir comment se comporter. La plupart du temps, son propre fils ne tenait pas plus que ça à l'écouter, alors pourquoi cet inconnu en aurait-il eu envie à cet instant ? Nous nous efforcions de ne pas pleurer. Nous nous efforcions de ne rien dire qui aurait risqué de lui faire de la peine. Il y avait de longs silences entre des phrases courtes. J'essayais de ne pas le regarder dans les yeux. J'avais peur qu'il comprenne que je cherchais mon frère en lui. Je ne voulais pas qu'il pense qu'il était un « Volodya de rechange » pour nous.

Naturellement, il a voulu refuser les enveloppes, mais quand nous lui avons expliqué que nous ne savions pas quoi en faire et qu'il nous rendrait service en les acceptant et en s'en servant, il a paru se rendre à nos arguments. Il a dit qu'il en partagerait le contenu avec d'autres qui se trouvaient dans le besoin.

Nous avons quitté cette chambre et l'hôpital. Jamais je n'avais été aussi heureuse de respirer de l'air frais. L'atmosphère confinée de l'hôpital et le désespoir qui régnait dans cette chambre étaient suffocants au point que j'en avais le vertige. Je voulais m'en aller aussi vite que possible. Je me sentais coupable d'avoir autant de chance, d'être aussi privilégiée, d'être en aussi bonne santé. J'étais amère à l'idée que d'autres pouvaient rendre visite à leur frère à l'hôpital, alors que je devais aller voir le mien au cimetière. J'aurais voulu rester en contact avec la volontaire pour prendre des nouvelles de Volodya, mais j'avais oublié de noter ses coordonnées. J'aurais voulu tout oublier de ce Volodya de peur de m'engouffrer dans le souci que je me faisais pour lui afin de combler le chagrin d'avoir perdu mon Volodya à moi, mais en définitive je savais qu'il resterait toujours dans ma mémoire.

Maman

« J'avais vraiment mal au dos. La sage-femme me massait pour atténuer la douleur et elle m'a demandé : "Vous voulez un garçon ou une fille ?" On n'avait aucun moyen de connaître le sexe du bébé, à l'époque. J'ai répondu : "Un garçon." Elle m'a regardée, surprise. J'ai dit : "La vie des filles est tellement plus dure." Comme j'avais tort… »

Ma mère n'avait pas tort. Elle a donné naissance à un petit garçon alors qu'elle-même sortait à peine de l'adolescence. La vie de ce garçon ne fut pas facile, mais elle ne fut pas aussi dure que la sienne. Disons simplement que peu de choses peuvent être plus difficiles que d'enterrer son enfant, son premier-né.

Parfois j'aime bien lui demander comment c'était avant que mon autre frère et moi n'arrivions, quand il n'y avait qu'elle et lui. Cette femme qui me paraît si souvent faite d'acier me raconte alors des anecdotes qui me font fondre. Peut-être que quand elle avait vingt et un ans et que lui était bébé, elle n'était pas faite d'acier. À moins que cette âme de fer n'ait toujours été là – sans elle, il y a longtemps que ma mère se serait brisée. Les années qui ont suivi n'ont fait que tremper ce cœur de métal, si bien que sa dureté intérieure, qui lui a permis de tenir pendant toutes ces épreuves, se voit un peu dans sa physionomie. Mais, quand elle se souvient de la naissance de mon frère, de ses premières années, l'armure dont elle s'est revêtue pour se défendre de tout ce que la vie a mis en travers de son chemin tombe. Son visage s'illumine, ses yeux se remplissent de chaleur, sa voix s'adoucit.

« J'adorais le tenir tout contre mon visage. Si près que je sentais sa peau contre ma joue. Si proche que je sentais l'odeur de ses cheveux. Je voulais l'entendre respirer. Quand je le regardais, je n'arrivais pas à croire qu'il était réel. Qu'il était à moi. » Elle lève ses doigts fripés et fatigués à hauteur de son visage pour montrer comment elle tenait le bébé tout contre elle. Son visage souriant rayonne, c'est si rare. Elle revoit si clairement cet enfant de sa jeunesse que je peux presque le voir, moi aussi, comme un reflet dans ses yeux.

Je lui demande pourquoi elle l'aimait tant, d'après elle. Elle me dit qu'elle ne sait pas. Ressentant le besoin de fournir une réponse pour meubler le silence gêné, j'avance une hypothèse : « C'est peut-être parce que tu avais enfin quelque chose, ou plutôt quelqu'un, qui t'appartenait. Avant son arrivée, tu n'avais jamais rien eu qui soit rien qu'à toi. » Cette phrase n'est pas plus tôt sortie de ma bouche que je me sens idiote. Je viens d'associer des souvenirs pénibles à des souvenirs qui semblaient très doux, très précieux. Elle dit : « Peut-être. » Je n'ai pas complètement gâché la magie. Elle regarde encore quelque part derrière moi. Elle sent encore la douceur de cette peau contre sa joue, ne serait-ce qu'en souvenir ; un souvenir vieux de quarante-cinq ans aujourd'hui.

C'est le troisième anniversaire que nous sommes obligés de fêter en l'absence du principal intéressé ; deux ans et demi déjà se sont écoulés depuis sa mort. De son vivant, nous ne nous retrouvions pas le jour de son anniversaire. Nous vivions tous loin les uns des autres. Il arrivait que nous échangions des SMS pour savoir si Volodya s'était manifesté, s'il avait répondu au message de l'un ou de l'autre. Le jour d'un de ses anniversaires après son entrée dans l'armée, c'est moi qui ai eu la chance d'arriver à le joindre. Nous avons papoté agréablement. Sitôt que j'ai raccroché, j'ai appelé mon autre frère pour l'encourager à appeler Volodya parce qu'il avait du réseau, qu'il n'avait pas bu et qu'il était d'humeur bavarde. C'était une occasion rare d'avoir avec lui une conversation qui ne serait interrompue ni par un problème technique ni par ses démons intérieurs. Yura a suivi mon conseil. Nous étions tous les deux ravis. Nous avions réussi à parler à notre aîné et, pour une fois, cela ressemblait vraiment à un anniversaire.

Après la mort de Volodya, ses anniversaires sont devenus une occasion de retrouvailles en famille. Pour nous souvenir ensemble. En essayant de nous concentrer sur les bonnes choses, sur les anecdotes amusantes. Et en évoquant les souvenirs pénibles avec prudence. Une fois, mon autre frère s'est rappelé que, quand il était petit, un des secrétaires généraux du Parti communiste était mort en URSS (il ne savait plus lequel ; il y a eu une époque où ils mouraient les uns après les autres) et le *Lac des cygnes* passait en boucle à la télévision. Allez savoir pourquoi, à chaque fois qu'il y avait une situation d'urgence en Union soviétique, on passait le *Lac des cygnes* pour occuper l'antenne. Les drapeaux étaient en berne, tout le monde était d'humeur morose et Yura pleurait parce qu'il pensait qu'une guerre était sur le point d'éclater. Dans la tête d'un enfant soviétique, cela voulait forcément dire que les Allemands allaient venir zigouiller tout le monde. Il se souvenait que Volodya l'avait calmé en lui disant : « Ne t'inquiète pas, on va aller à la campagne, creuser une tranchée et les chasser. » Yura avait eu presque raison : la guerre avait éclaté quelques décennies plus tard, seulement ce n'était pas contre les Allemands.

J'ai parlé du fait que mes deux frères me taquinaient à propos de saint Nicolas. Saint Nicolas est mon saint préféré parce qu'en Ukraine, le 19 décembre, il apporte des cadeaux au milieu de la nuit et les met sous votre oreiller pendant que vous dormez. Il vient accompagné d'un ange et d'un diable, et, si vous n'avez pas été sage, le diable laisse un bâton pour vous. Je recevais toujours un bâton, tout petit, rien de menaçant. Mais je recevais aussi de nombreux cadeaux. Le plus excitant était de veiller tous les trois pour guetter l'arrivée du saint. Nous faisions le serment de ne pas nous endormir ou de nous réveiller mutuellement si jamais cela devait arriver à l'un d'entre nous. Cela se terminait toujours de la même façon : je me réveillais le lendemain matin et j'entendais mes frères raconter avec verve qu'ils avaient vu saint Nicolas et sa longue barbe, le bel ange et le diable effrayant. Ils me disaient que je m'étais endormie juste avant leur arrivée et qu'ils n'avaient pas voulu me réveiller de peur que je fasse fuir nos hôtes enchantés. Je pleurais toutes les larmes de mon corps parce que j'avais manqué la scène que j'aurais tant voulu voir et parce qu'ils ne m'avaient pas réveillée, ce qui était une abominable trahison. Seule la pensée des cadeaux qui m'attendaient immanquablement sous mon oreiller finissait par me rendre ma bonne humeur.

C'est au tour de mon père de raconter un souvenir. Il dit que rien ne lui revient. Après un silence gêné, il ajoute : « Tout ce dont je me souviens, c'est la fois où je suis allé le chercher au jardin d'enfants. Il n'arrêtait pas de bavarder, de raconter des histoires. Il était surexcité. » Ça, c'est ce qui s'appelle une révélation. Je ne savais pas que mon frère était un bambin bavard, encore moins avec mon père. « Tu es sûr que tu parles bien de Volodya ? » Je veux être certaine qu'il ne le confond pas avec mon autre frère. « Oui. » La réponse est brève et assurée. J'ai le sentiment que ce souvenir cache autre chose, mais je ne veux pas insister. Nous évoquons tous nos souvenirs librement. Cette nouvelle tradition qui consiste à fêter l'anniversaire de Volodya est encore très fragile. Il faut la manier avec doigté.

Les souvenirs les plus vifs sont ceux de ma mère et j'ai plaisir à les entendre quand nous sommes seule à seule. C'est pourquoi nous essayons de nous retrouver avant l'arrivée des autres invités ; je nous verse du café et elle déverse ses souvenirs. Elle aussi a une anecdote de jardin d'enfants à raconter. Je l'ai déjà entendue, du vivant de Volodya, mais c'est autre chose de l'entendre aujourd'hui.

« Je n'oublierai jamais le jour où je suis allée le chercher au jardin d'enfants avec une nouvelle robe. Je n'avais pas beaucoup de robes et je m'achetais rarement des vêtements. Alors il a aussitôt remarqué que j'étais différente. Comme il était petit, plutôt que de faire un commentaire sur la robe, il a juste dit : "Maman est très, très belle !" Je m'en souviens comme si c'était hier. Il était toujours en train d'attendre que je vienne le chercher au jardin d'enfants. Et plus tard, c'est moi qui étais toujours en train d'attendre qu'il rentre à la maison. Dans les années 1990, quand il était adolescent, il était vraiment passionné d'équitation. Je l'attendais à l'arrêt de tram après son cours pour m'assurer qu'il rentrerait sans problème. À l'époque, il suffisait de pas grand-chose pour s'attirer des ennuis. Tu pouvais te faire aborder par des plus grands qui te demandaient une cigarette. Si tu n'en avais pas, tu risquais de te faire tabasser. Et si tu en avais, tu risquais quand même de te faire tabasser. J'étais inquiète, alors je l'attendais. »

J'ai moi-même des souvenirs de cette période trouble. Un jour, un garçon à peine plus âgé que mon frère s'était fait poignarder dans le quartier. Mes frères le connaissaient bien. J'avais si peur pour eux que, pendant un an environ, j'ai cauchemardé presque toutes les nuits que quelqu'un les poursuivait avec une hache. Ma mère continue son récit :

« Ce soir-là, l'attente n'en finissait pas. Les trams défilaient, mais pas de Volodya. Les téléphones portables n'existaient pas à l'époque, et nous n'avions même pas de ligne fixe. Je ne pouvais appeler personne pour savoir s'il allait bien. J'ai dû faire défiler les pires scénarios dans ma tête. D'un seul coup, il est descendu d'un tram. Qu'est-ce que j'ai été heureuse ! J'ai dit : "Volodya, mais où est-ce que tu étais passé ?" Il a répondu : "Maman, un des gars a fait une chute de cheval et on a dû le raccompagner chez lui pour vérifier qu'il allait bien." Au début, j'étais très en colère qu'il n'ait pas trouvé un moyen de me prévenir qu'il allait être en retard, mais ma colère est vite passée. Je me suis souvenue du jour où j'étais tombée de cheval quand j'étais jeune fille et où je m'étais cassé le bras. J'ai arrêté de le gronder. »

Elle était heureuse que son fils soit sain et sauf. Elle était fière qu'il ait été occupé à prendre soin de son ami.

Elle marque une pause avant d'enchaîner sur d'autres souvenirs. Nous buvons nos cafés. Lorsqu'elle retrace la vie de son fils, les souvenirs de ma mère s'alourdissent de chagrin.

« Je ne voulais pas être une mauvaise mère. Mais j'étais complètement inexpérimentée. Un jour, Volodya est allé en sortie scolaire et j'avais tout préparé de mon mieux pour lui, mais, quand il est revenu, il était dans tous ses états. Il m'a dit : "J'ai eu honte quand tous les autres ont sorti leur thermos, alors que moi mon thé était dans une bouteille où il était déjà tout froid !" Comment est-ce que j'aurais pu savoir pour ces thermos ? On n'avait jamais eu ça chez nous. Je n'en avais jamais entendu parler avant. J'étais affreusement gênée d'être aussi ignorante. »

Pendant qu'elle se flagellait, je songeais combien les enfants peuvent être cruels. Et combien c'était triste qu'une femme qui avait fait tout ce qu'elle pouvait pour ses enfants puisse être à ce point convaincue d'avoir été une mauvaise mère pour eux à cause d'une stupide histoire de thermos.

Je l'interroge sur la réception qu'elle avait donnée pour les dix-huit ans de Volodya. Ça se passait dans un restaurant et il y avait beaucoup d'invités. Je devais avoir neuf ans, mais le souvenir que j'en ai est très flou. Tout ce que je me rappelle, c'est que papa et maman couraient dans tous les sens pour tout organiser, que les gâteaux avaient été livrés à l'appartement pour être aussitôt emportés au restaurant, et que mon frère avait l'air d'un adulte dans sa belle veste toute neuve. J'ai encore une photo de lui dans cette veste. On dirait un gamin qui veut se faire passer pour une grande personne. Ma mère n'a pas grand-chose à me raconter au sujet de cette fête. Peut-être qu'elle ne se souvient que des choses qu'elle a « mal faites ».

Il a toujours existé un lien particulier entre ma mère et mon frère aîné. Leur relation d'amour-haine était extrêmement puissante. Ils pouvaient se dire des choses très blessantes, mais c'était elle qu'il appelait en pleine nuit avant une bataille pour lui demander de prier pour lui. Elle priait toujours pour lui, de toute façon. Elle n'avait pas besoin qu'on le lui rappelle.

La dernière fois que nous nous étions tous retrouvés avec Volodya, c'était dans la chapelle de la morgue, la veille des obsèques. Le prêtre avait terminé la messe et était parti. Nous avions toute la soirée devant nous.

J'étais à deux doigts de la crise de nerfs. Mon autre frère avait l'air en plein déni. Nous nous tenions de part et d'autre du cercueil. Ma mère se tenait au milieu, face au corps de mon frère. Elle lui a parlé comme s'il était encore là, comme s'il pouvait l'entendre et que simplement il ne répondait pas. Comme c'était souvent le cas de son vivant. L'absence de réponse de Volodya et notre répugnance à interrompre son monologue ont permis à ma mère de dire tout ce qui lui pesait sur le cœur. Elle a parlé et parlé encore, le prenant à partie, s'excusant, le prenant de nouveau à partie. Pour finir, elle s'est trouvée à court de choses à dire ou alors elle s'est simplement lassée de parler sans qu'il y ait la moindre réaction à ses propos. S'adressant toujours au visage figé de mon frère, elle a dit : « Non, mais regarde-toi un peu ! On est tous là, on est venus te voir de loin ! Et toi, tu restes couché là. Comme un prince ! » Ses mots étaient si incongrus que nous avons tous éclaté de rire.

Le lendemain, avant la fermeture du cercueil, ma mère a touché les bras et les jambes de Volodya comme pour vérifier qu'il était bien au chaud, bien installé. Comme on touche son enfant avant qu'il s'endorme.

À vingt et un ans, elle voulait un garçon parce qu'elle soupçonnait que la vie des filles était plus dure. Maintenant qu'elle avait la soixantaine, elle en était certaine.

Récolte

Il y a un moment pour tout et un temps pour chaque chose sous le ciel.

L'Ecclésiaste 3, 1

Maman, a crié un homme en s'effondrant.

Maman, a murmuré un autre en levant les yeux vers le ciel pour la dernière fois.

Maman, a pensé une femme qui ne pouvait plus respirer et qui voyait ses tresses blondes rougies par un liquide poisseux.

Maman, et puis le silence pour toujours.

Le vacarme de la guerre peut être assourdissant. Il couvre tout le reste. Personne n'a entendu leurs derniers mots. Même pas la maman.

Un temps pour naître et un temps pour mourir.

Les mains tremblantes, j'ai ouvert le dossier qui contenait les photos dans ton téléphone. J'ignorais si tu les avais prises toi-même ou si elles t'avaient été envoyées. C'étaient des paysages de l'est de l'Ukraine, cette steppe magnifique que je n'ai jamais eu le plaisir de voir de mes propres yeux. Des saules pleureurs qui se reflètent dans un lac. Une barque amarrée près du bord. Du café préparé sur un foyer improvisé. Vénus qui brille de tous ses feux la nuit. Un nuage solitaire sur fond de ciel bleu. Une explosion sur un horizon par ailleurs enchanteur. Un fragment d'obus sur un chemin. Une tranchée vide. Et des photos de ceci.

Une bouche ouverte. Une position étrange, quelqu'un allongé sur le sol. Une jambe tordue sur le côté de manière peu naturelle. Une autre dans la position du coureur lancé à pleine vitesse. Les deux bras levés au-dessus de la tête, comme pour signaler : « Je suis là ! Ne m'abandonnez pas ! Emportez-moi avec vous, mort ou vif, mais ne me laissez pas tout seul ! Pas ici. Pas pour toujours. »

Dans les champs paisibles, près du lac : la guerre donne des fruits. Cette région est très fertile. Tout ce qu'on plante dans cette terre noire est accepté de bonne grâce et, l'année suivante, le sol riche produit une récolte abondante.

Un temps pour planter et un temps pour arracher le plant.

Regardons-y de plus près. Ce n'est pas joli à voir et ce n'est pas un processus que les gens ont envie d'observer, bien qu'il nous arrive à tous un jour ou l'autre. Il prend juste plus ou moins de temps en fonction des individus. Par exemple, un cadavre laissé à l'air libre se décomposera quatre fois plus vite qu'un autre qui aura été enterré. Mais ce qui vient de mourir revient très vite à la vie. Peut-être même qu'il ne meurt pas du tout. Peut-être qu'une forme de vie se transforme simplement en une autre.

Quelques instants après la mort, dès que la décomposition commence, tout un écosystème apparaît et prospère. Ce qui se produit est une sorte d'autodigestion. Quand le cœur cesse de battre et qu'il n'y a plus d'oxygène dans les cellules, elles commencent à se désagréger. Le processus débute dans le foie, se poursuit dans le cerveau et finit par gagner tous les tissus et organes. La température du cadavre rejoint celle de son environnement. À mesure que la rigidité enveloppe le corps en descendant du visage vers le cou et jusqu'aux membres, privé d'énergie le cadavre se fige dans son immobilité.

C'est là que commence un nouveau type de vie. Le système immunitaire cesse de fonctionner et les bactéries se mettent au travail. Elles entreprennent de consommer le corps de l'intérieur, digérant les intestins, les tissus, les capillaires, s'attaquant au foie, au cœur et au cerveau. Ce qui n'est pas autodigéré devient un festin pour des créatures aux goûts un peu particuliers. Certains insectes passeront tout leur cycle de vie dans un cadavre. Et ce qui ne sera pas consommé par les asticots, les mouches à viande, les fourmis et les scarabées sera mangé par les charognards. Contrairement aux humains, qui font les délicats, ils ne sont pas dérangés par l'odeur de la chair en putréfaction. Au contraire, elle les attire.

Un temps pour détruire et un temps pour bâtir.

Là, dans les herbes hautes, à peine visible parce que les tons kaki le camouflent encore efficacement, se trouve un fruit de cette guerre. Au contraire du corps qui se désintègre jusqu'à se fondre dans son environnement, la couche de matière qui nous enveloppe peut résister très longtemps. Les bottes sont parfaitement intactes, les lacets noués comme ils l'étaient quand elles ont été enfilées. Le pantalon est un peu usé à cause de la pluie et de la végétation qui pousse autour. La ceinture est attachée, la boucle encore brillante, le cuir encore ferme, contrairement à la peau humaine, tout juste encore accrochée à la cage thoracique qui fait saillie au-dessus du ventre. Les côtes sont maintenues par ce qu'il reste d'un tee-shirt dans les marron-vert. Celui-ci porte l'empreinte d'un squelette, un peu comme ceux que mettent les enfants à Halloween pour aller faire la chasse aux bonbons.

Un temps pour chercher et un temps pour perdre.

Sur le côté, à l'endroit où se trouvait autrefois le cœur, il y a un énorme trou dans le tee-shirt et dans la cage thoracique. Il nous permet de voir la colonne vertébrale. Les vertèbres sont maintenues par un mélange de matière organique, de feuilles d'arbre et de terre. Cette colonne vertébrale ressemble à une sculpture prête à être exposée dans un musée d'art moderne. Juste au-dessus de l'encolure, il y a des grains blancs. Ceux d'un chapelet que son propriétaire a dû porter pour être délivré du mal. Il est encore là. Intact. Contrairement à la matière organique, le plastique ne se décompose pas. La bouche est grande ouverte, comme pour dire « ah » quand le médecin examine une gorge douloureuse. Ou peut-être « maman ». Les dents sont blanches et saines. Seules brillent deux couronnes, si déplacées dans cette nature morte aux tons marron-vert, ivoire pâle et noir.

Un temps pour tuer et un temps pour guérir.

C'est étrange de voir un crâne là où il aurait dû y avoir un visage. Il n'y a plus que deux trous béants à l'endroit où se trouvaient autrefois les yeux. Ce corps est proche de la fin de son cycle de mort. Les feuilles en putréfaction et l'herbe fanée autour de lui sont les seuls rappels de vie. Et même ceux-là s'étiolent dans l'immobilité. Ce qui était autrefois un être vivant est en train de devenir partie intégrante du paysage.

Un temps de guerre et un temps de paix.

On trouve de tels fruits de la guerre disséminés dans tout ce pays généreux. La terre ramassera sa récolte si les humains ne le font pas. Elle transférera l'énergie qui n'aura été que brièvement piégée dans le cœur et les membres, elle l'aspirera en elle pour la relâcher encore et encore.

Tout va vers un lieu unique, tout vient de la poussière et tout retourne à la poussière.

Cette nouvelle a été très difficile à écrire

Une des principales raisons pour lesquelles je n'aime pas parler de « ce qui s'est passé », comme je le dis encore parfois, c'est la réaction des gens. Ou plutôt le fait qu'ils se sentent obligés de réagir sans savoir comment. Cela nous met tous mal à l'aise : moi d'avoir abordé un sujet délicat et eux de devoir répondre.

Quand on dit à quelqu'un qu'on a perdu un frère à la guerre, cela provoque différents types de réactions. Je les classe en trois catégories : instinctive, intellectuelle ou indifférente. Les réactions instinctives vont du fait de fondre en larmes et d'exprimer une sincère compassion jusqu'à l'indignation ou la stupeur. Les intellectuels essaient en général de faire un commentaire ou de donner un conseil. Ils s'efforcent de vous réconforter de manière constructive. Les indifférents sont ceux qui se contentent de répondre : « Ah, je vois. » Sans doute qu'ils ne savent pas quoi dire et que, du coup, ils ne disent rien du tout. Ces trois types de réactions me vont parfaitement. Il n'y en a qu'une, d'une autre sorte, qui ne me va pas du tout. C'est une catégorie à part. Qui me fait regretter d'avoir parlé de ce qui s'est passé.

Un jour où je devais m'exprimer dans le cadre d'une conférence sur la guerre du Donbass, un jeune écrivain me racontait qu'il souffrait de l'angoisse de la page blanche parce que la guerre le touchait personnellement à tel point qu'il n'arrivait tout simplement plus à écrire.

« Je n'arrive tout simplement plus à écrire », c'était ses propres mots.

Je compatissais, à cause de « ce qui s'était passé », mais je n'avais pas envie d'en parler à ce jeune homme que je connaissais à peine. Plus tard, je l'ai entendu lire certaines des nouvelles qu'il avait écrites récemment ; des soldats, qu'il présentait comme ses amis, y « tombaient au champ de gloire », comme il disait. Naturellement, c'était très triste qu'il ait perdu ses amis. Là encore, je compatissais, même si ses textes étaient pleins d'emphase et n'entraient pas en résonance avec mes propres sentiments sur la guerre.

J'ai demandé à ce jeune écrivain comment il avait trouvé le courage, la force, les mots pour écrire, lui qui avait connu ces gens personnellement.

« Vous ne pouvez pas comprendre, m'a-t-il répondu, vous ne savez pas ce que c'est d'être impliqué dans cette guerre de manière si intime. C'est affreux de perdre ses amis. »

J'opinais. Je lui ai demandé s'il les avait bien connus. En fait, il ne les connaissait pas. Une grande partie des informations qu'il avait recueillies à leur sujet lui venait des journaux. Ah, les journaux ! On peut certainement y apprendre beaucoup de choses, je le savais d'expérience, mais on peut aussi y lire beaucoup de choses qui n'ont pas grand-chose à voir avec la réalité. Je n'ai cependant rien dit au jeune homme, qui a donc poursuivi : « Vous voyez, vous êtes loin, à l'étranger, vous ne savez pas ce que c'est de vivre au milieu de tout ça. »

« Non, je ne sais pas, mais vous non plus, parce que même si vous n'êtes pas à l'étranger, vous aussi vous êtes loin des hostilités, dans le confort de votre maison, à écrire vos nouvelles », j'ai pensé en mon for intérieur. Mais je ne l'ai pas dit tout haut.

« Vous ne pouvez pas comprendre. Ça m'a tellement touché. Je ne sais pas comment gérer toutes ces informations, mes sentiments. Mais je ne pense pas que vous puissiez comprendre. »

Il a continué dans la même veine pendant un petit moment.

« En fait, si, je peux peut-être comprendre », ai-je fini par dire, sortant de ma zone de confort, celle où je gardais « ce qui s'était passé » pour moi, et décidant d'en faire part à ce jeune homme.

« Je crois que je peux comprendre ce que ça fait de perdre quelqu'un.

– Oui, oui, bien sûr, ça arrive tout le temps que des gens perdent des proches, a-t-il répondu, interrompant ma timide confession. Mais ce n'est pas la même chose que de voir un de ses amis tué à la guerre. Un être si jeune, dans la fleur de l'âge ! Vous ne pouvez pas comprendre ce que c'est que de devoir affronter une telle perte. »

J'ai malgré tout persévéré : « En fait, c'est exactement ce dont je veux parler. Je sais ce qu'on ressent dans ces cas-là. »

Et là, je l'ai dit. Je lui ai raconté « ce qui s'était passé » : « Mon frère a été tué au front. Il est enterré dans le même cimetière que le gars dont vous parlez dans votre nouvelle. Juste à côté de lui. »

Voilà. C'était dit. Je m'étais entendue le dire. Comme sur une scène, à la cantonade, pas seulement au jeune écrivain. Libérer ces mots enfermés au fond de moi m'a fait du bien. C'était comme si ma poitrine s'était ouverte et qu'un corbeau noir s'en était échappé. Il était encore proche, il tournait au-dessus de moi, mais il n'était plus en moi, il ne battait plus des ailes dans un espace beaucoup trop exigu pour lui. J'entendais encore mes mots résonner à mes oreilles :

« Mon frère a été tué au front il y a six mois. Il est enterré dans le même cimetière que le gars dont vous parlez dans votre nouvelle. Juste à côté de lui.

– Ah oui, ma nouvelle. Ç'a été très difficile de l'écrire », a continué le jeune écrivain, comme s'il n'avait pas entendu ce que je venais de dire.

Il a continué à parler de lui-même et j'ai aussitôt regretté de lui avoir dit « ce qui s'était passé ». J'avais l'impression que nous faisions un concours à qui aurait le plus de chagrin. Nous n'étions l'un et l'autre préoccupés que par notre propre chagrin, nos propres histoires, si difficiles à écrire, à dire, à comprendre. Mais une fois les mots sortis en même temps que le corbeau noir, il n'y avait plus aucun moyen de les faire rentrer. Il fallait les libérer l'un après l'autre.

Théâtre de guerre

Jamais auparavant je n'avais eu aussi peur de regarder les gens dans les yeux. Je ne pouvais plus respirer. Pourquoi diable est-ce que j'avais lancé ce projet ? Pourquoi est-ce que j'avais pensé que ce serait une bonne idée ? J'avais envie de pleurer, de m'enfuir, de m'enfermer dans la loge et de dire à tout le monde que tout était annulé. Mais il était trop tard. L'acompte avait été versé pour la location du théâtre, nous avions investi beaucoup de temps dans les répétitions et les spectateurs arrivaient déjà pour la première de la pièce dans cette petite salle londonienne. Ils avaient payé leurs billets. Les deux premières représentations se joueraient à guichets fermés et il y avait même une longue liste d'attente. Tous ces gens avaient choisi de passer une heure de leur précieux temps à assister à notre représentation.

Il fallait que je me ressaisisse et que je les affronte. Les mains tremblantes, les larmes aux yeux, la voix mal assurée, je les regardais entrer un par un dans le vestibule de la salle de théâtre. Quand je sentais que je perdais pied, je me réfugiais dans l'obscurité de la loge (tous les comédiens étaient déjà sur scène) pour dire une sorte de prière. Je ne savais pas très bien à qui elle s'adressait : est-ce que j'implorais une puissance divine de m'aider à réussir cette représentation, est-ce que je suppliais mon frère de me pardonner d'avoir utilisé cette histoire dans une pièce de théâtre, tout en lui demandant de me « tenir la main » sur scène ? Pour m'aider à faire en sorte que ceux qui étaient venus la voir comprennent au moins une partie de ce que j'avais voulu leur transmettre ? Cette prière me réconfortait un peu et je pouvais ressortir pour accueillir le public. Certains entraient avec une pinte de bière ou un verre de vin à la main, d'autres avec un sourire de soutien ou une accolade. Ils prenaient place.

Le brouhaha d'avant spectacle s'est tu. Les lumières de la salle étaient encore allumées. J'ai cherché le regard de tous mes comédiens et du technicien pour leur donner le signal du départ. Debout sur le devant de la scène, j'attendais que mes nerfs se calment. J'ai vu ma mère, mon père, mon frère. Tous les trois me regardaient depuis la salle avec autant de nervosité que je les regardais depuis la scène. Grande inspiration. Allez, il fallait se lancer.

« Je n'aime pas parler de ce qui s'est passé. "Ce qui s'est passé", c'est encore l'expression que j'utilise le plus souvent, et je n'aime vraiment pas en parler. »

Nous avons commencé la représentation. La première réplique était difficile à dire. Elle avait aussi été la plus difficile à écrire. La compagnie et moi nous nous étions collectivement arraché les cheveux. Comment commencer une pièce sur un soldat mort au combat ? On peut maltraiter le public en lui assénant des descriptions crues des horreurs de la guerre et lui faire aussitôt regretter d'avoir acheté son billet. On peut aussi être trop délicat, au point de le laisser indifférent. Cette pièce parlait d'une guerre brutale : nous ne voulions pas que les spectateurs en ressortent comme s'il ne s'était rien passé. « Je n'aime pas parler de ce qui s'est passé » semblait une bonne phrase d'attaque. Et surtout, elle était vraie.

Je détestais en parler et j'évitais de le faire, à moins d'y être absolument obligée. La vie de ma famille était définitivement divisée entre un avant et un après « ce qui s'était passé ». « Quand est-ce que tu as parlé à untel la dernière fois ? demandait ma mère à mon frère. – Oh, ça remonte à un moment, répondait-il. Avant, tu sais, ce qui s'est passé. » D'autres autour de nous employaient cette expression. Un ami pouvait nous demander : « Est-ce que ta mère est retournée en Ukraine depuis, tu sais, ce qui s'est passé ? » Les euphémismes ont une fonction et une force. Alors je me suis servie de celui-là pour ouvrir doucement la porte sur l'histoire moins douce d'une vie perdue au front.

Les gens avaient l'air d'écouter. Les comédiens disaient leur texte. Les scènes se succédaient : le chaos d'une caisse de sécurité sociale devenait une salle de thérapie pour une femme qui souffrait d'un syndrome de stress post-traumatique, une tranchée devenait la cuisine d'une amie, puis un cimetière, puis redevenait une scène de théâtre. Pour moi, tout s'est passé comme dans un brouillard. Je n'ai repris conscience de la réalité qu'à la fin du spectacle. Des gens sont venus me voir pour me prendre dans leurs bras. Certains sanglotaient. J'étais émue et rassurée quant à l'étape suivante : présenter la pièce au Fringe d'Édimbourg, le plus grand festival d'art dramatique au monde.

Notre passage à Édimbourg nous a remis les pieds sur terre. Arpenter le Royal Mile, la rue la plus animée de la ville, faire la réclame auprès de touristes qui avaient davantage envie d'entendre des blagues sur la politique n'était nouveau pour aucun de nous. C'était la troisième pièce que nous présentions au Fringe. Mais les deux premières étaient des comédies, même si elles étaient assez noires. Cette fois-ci, nous avions environ cinq secondes pour éveiller l'intérêt des passants avec un prospectus et une phrase accrocheuse sur une pièce qui parlait de la guerre. J'avais du mal à dire à des inconnus : « C'est une histoire vraie. Ça parle de mon frère. » Ma douleur était encore quelque chose de très intime. C'était déjà assez difficile comme ça de l'exposer dans l'espace maîtrisé d'un petit théâtre, alors dans une rue animée, vous pensez. Je n'y avais pas réfléchi pendant que nous préparions le festival. Pas plus que je n'avais réfléchi au retentissement que pourrait avoir sur mon processus de deuil le fait de jouer tous les jours pendant une semaine, parfois deux fois par jour. Je ressentais juste un puissant besoin de jouer cette pièce pour autant de personnes que possible. À la fin de cette série de représentations, j'étais exténuée et le reste de la compagnie aussi. Non seulement mes camarades avaient travaillé vraiment très dur (distribuant les prospectus le jour, jouant le soir), mais ils avaient aussi veillé sur moi, s'assurant que j'allais bien. À la fin de cette série de représentations, je savais que je pouvais aller n'importe où avec eux, même dans les tréfonds du chagrin.

Et c'est bien jusque-là que nous sommes allés ensuite. Nous avons décidé de continuer à donner la pièce dans des théâtres londoniens, mais avec le désir de la développer. Le changement principal a été la conséquence du départ d'un des comédiens, qu'il a fallu remplacer. C'était lui qui jouait le rôle de mon frère. Ses répliques sortaient des vidéos que Volodya avait filmées sur le front. Je les avais trouvées dans son téléphone. Je ne sais pas pour qui elles avaient été faites, ni pourquoi. Peut-être qu'il les avait prises dans ces heures de grande solitude pendant lesquelles la fonction caméra d'un téléphone est le seul canal par lequel converser avec le reste du monde. La première montrait un coucher de soleil vu par un trou dans le mur d'un abri de tranchée. La deuxième donnait à voir un lac gelé et un paysage enneigé. Sur la dernière, on distinguait les alentours de la tranchée entièrement recouverts d'un épais brouillard. Elle se terminait par un gros plan sur des gouttes de pluie scintillantes accrochées à une branche dénudée. Elle avait été enregistrée à peine quelques jours avant la mort de Volodya.

J'avais souhaité intégrer ces vidéos au spectacle, mais sans avoir le courage de les montrer sur scène. J'avais donc transcrit et traduit les paroles prononcées par mon frère pour les faire dire par un comédien. Pour lui donner des allures de soldat, j'étais retournée sur internet lui acheter un uniforme et des bottes de combat. Facebook, naturellement, a recommencé à m'abreuver de publicités pour tous ces articles, comme la première fois. Parfois je trouvais ça amusant, d'autres fois insupportable. Maintenant que ce comédien était parti, il ne nous restait plus que l'uniforme et les bottes. J'ai décidé de ne pas le remplacer et d'utiliser les vidéos de mon frère sur scène. Il faut croire que j'avais finalement trouvé le courage de le faire.

La première représentation de cette nouvelle version m'a donné l'impression de tout recommencer à zéro. J'éprouvais la même appréhension qu'au début : non pas tant à l'idée d'affronter un public, cette fois, mais parce que j'allais devoir affronter mon frère, fût-ce sur un écran. Le petit théâtre était plein à craquer. Nous avons commencé la représentation comme bien des fois auparavant, mais peu après la scène d'ouverture, deux comédiens ont déroulé un pan de tissu blanc. J'ai pris un vidéoprojecteur portable, je me suis agenouillée au milieu de la scène pour ne pas cacher l'écran, j'ai sélectionné la première vidéo et je l'ai lancée pour que tout le monde la voie. Un soleil rouge sang est apparu entre des mottes de terre et la voix de mon frère a décrit la scène :

« Mesdames et messieurs, puis-je avoir votre attention, s'il vous plaît ? Je vous présente le coucher de soleil vu par un trou dans le mur d'un abri de tranchée. Évidemment, vous ne pourrez pas voir ce que je vois ici, ce n'est pas la même chose en vidéo... Voyez ces collines, là-bas ?... C'est là que se trouve l'ennemi. Ceux qu'on combat. Voyez ? Enfin bon, je ferais mieux de ranger mon téléphone parce qu'ils pourraient carrément le dézinguer. »

La vidéo terminée, les comédiens ont replié l'écran. Je n'en revenais pas d'avoir rencontré mon frère en face-à-face. Je n'étais pas la seule à éprouver cette sensation. Ma mère est venue à chaque représentation et quand les gens lui demandaient pourquoi elle faisait cela, elle disait qu'elle venait à la rencontre de son fils. Aucune de nous deux ne parvenait à regarder ces vidéos chez elle, mais nous le faisions avec une certaine joie quand elles étaient montrées sur scène.

L'inclusion de ces vidéos a complètement changé la manière dont je vivais le spectacle. Agenouillée sur scène, face à mon frère sur l'écran, il m'arrivait tantôt de pleurer tantôt de rire.

« Salut tout le monde ! Voilà notre position. Dans la forêt. Regardez comme c'est joli. Putain ! L'hiiiveeer… » C'était comme ça que commençait la deuxième vidéo.

Tout ce qu'on voyait, c'était de la neige sale tout autour. Tu parles si c'était joli.

« En bas, y a un village. Là-bas, y a un lac. Ouaip, un putain de lac, carrément. »

Cette phrase, et la manière pince-sans-rire qu'il avait de la prononcer, me faisaient toujours rire. Il continuait :

« Là-bas, on se met à l'abri de toutes sortes de mines et de tirs de mortier. J'aime vraiment quand les hivers sont beaux comme ça. »

Profond et vulgaire. Mon Volodya en résumé. Ensuite il fredonnait une chanson.

« *I ain't got no honey, baby, sugar baby now…* »

Comme je ne la reconnaissais pas, j'ai dû chercher de quoi il s'agissait. C'était une vieille chanson de blues. La suite disait :

« Qui balancera ce berceau, qui chantera cette chanson ? / Qui balancera ce berceau quand je ne serai plus là ? »

La phrase qui est restée gravée à jamais dans ma mémoire arrivait à la toute fin de la dernière vidéo. Après avoir montré son gilet pare-balles, son émetteur radio, « communications, optiques et toute cette merde », mon frère zoomait sur les branches d'un arbrisseau qui poussait juste devant la tranchée et disait :

« Mais ce qu'il y a de plus intéressant ici, ce sont ces gouttes de pluie sur les branches. Vous voyez les gouttelettes ? C'est ce qu'il y a de plus intéressant ici. »

Deux jours plus tard, il a été tué dans cette même tranchée. Je ne peux qu'espérer qu'il ait vu les gouttelettes étincelantes se détachant sur le ciel au moment où le repos éternel l'envahissait.

« Je balancerai ce berceau et je chanterai cette chanson. / Je balancerai ce berceau quand tu ne seras plus là. / Je balancerai ce berceau quand tu ne seras plus là. »

[Exit. Rideau.]

Douleur ignoble

Le deuil est plein d'une douleur noble. La plupart des gens peuvent imaginer ce que tu vis et, si jamais tu craques, ça n'a rien de honteux : c'est compréhensible, tu as perdu un être cher. Tu ne seras pas jugé. Cette sorte de douleur ennoblit. Mais ça, c'est seulement ce qui se voit à la surface.

Peu de temps après la mort de mon frère, la sœur d'une amie est morte. Elle s'est suicidée. J'ai reconnu beaucoup des étapes de deuil dans ce que mon amie a traversé après ce drame : l'état de choc du début ; la frustration de ne pas arriver à accepter la réalité, à lâcher prise ; la colère contre le mort – parce qu'il est mort – et contre soi-même – parce qu'on n'a rien fait pour empêcher ça – ; la lente réconciliation avec son absence ; les tentatives désespérées pour retrouver toutes les bribes éparses des souvenirs positifs ; et la résurgence têtue des négatifs. La douleur que tout cela représente. Le sentiment de culpabilité. L'étrange soulagement de penser qu'au moins on n'a plus à craindre que son frère ou sa sœur fasse une bêtise. Ils l'ont faite. C'est fini. Le dégoût de soi qu'on éprouve après avoir eu de telles pensées. La répétition sans fin de tous ces sentiments, encore et encore, et la peur qu'ils ne vous laissent jamais en paix.

À chaque fois j'avais envie de lui dire : « Oui, je sais ce que tu ressens », mais à chaque fois je me rendais compte que ce n'était pas vraiment le cas, parce que c'est une chose de dire « mon frère est mort à la guerre » ; et une tout autre de dire « Ma sœur s'est suicidée ». Il faut du cran. Le cran que possédait mon amie et dont je soupçonnais que j'étais dépourvue.

Je savais qu'en apparence ma douleur était noble. Certains tenaient toute ma famille en haute estime simplement parce que mon frère était mort à la guerre, parce que c'était ce que tout bon fils de bonne famille devrait être prêt à faire : « Il a donné sa vie pour notre paix » ; « Il s'est battu pour sa patrie » ; « Il n'est pas mort en vain ». Ces mots anoblissaient à la fois la mémoire du défunt et nous-mêmes, les vivants. Même si je n'y croyais pas vraiment et que je n'étais pas d'accord, je me rendais compte qu'ils me consolaient. Mais, avec le temps, la douleur tapie sous la surface est devenue trop difficile à ignorer. Or elle était loin d'être noble.

À différents moments de sa vie, mon frère aurait pu mourir de bien d'autres façons : lorsque, sans-papiers, il faisait des petits boulots dangereux à l'étranger ; d'une pneumonie qui n'avait pas été diagnostiquée à temps ; dans la rue où il a dormi sur le trottoir pendant la période la plus difficile de sa vie ; dans une rixe d'ivrognes ; ou dans un moment de désespoir, quand il s'était ouvert les veines. Il se trouve simplement que sa mort s'est produite dans certaines circonstances : il est mort sur le champ de bataille.

Un jour, alors que mon frère était déjà au front, je suis allée à Kyiv pour un colloque. Nous discutions d'un sujet lié aux guerres du passé, mais celle qui se déroulait pas si loin de nous occupait tous les esprits. Pour marquer la fin du colloque, les organisateurs nous ont emmenés voir une pièce curieusement intitulée *Mon grand-père creusait, mon père creusait, mais moi je ne creuserai pas*. Elle était mise en scène par deux femmes (ce qui est plutôt rare et plus encore en Ukraine), Agnieszka Błońska et Roza Sarkisian. Durant la représentation, un des comédiens ne cessait de répéter : « Mon frère n'est pas mort à la guerre, il est mort d'une overdose. » Je ne savais pas si cette réplique parlait réellement ou non du frère du comédien, mais je me suis dit que la compagnie avait eu beaucoup de courage de l'intégrer au spectacle.

Dans un pays en proie à la guerre, la valeur de la vie humaine était rapidement en train de diminuer et le discours héroïque sur « nos morts » semblait la seule stratégie possible pour affronter la douleur qui s'étendait à la nation tout entière et entrait dans une multitude de foyers. Il donnait l'illusion qu'une vie perdue à la guerre n'était pas une vie perdue. Alors qu'on considère souvent une vie perdue à cause de la drogue comme du gâchis. En regardant la pièce, je me disais : « Mon frère est sur le front en ce moment même, seulement à quelques centaines de kilomètres de ce théâtre, et il pourrait très bien y mourir d'une minute à l'autre. » Ma pensée suivante étant : « Au moins, il ne sera pas mort d'une overdose. »

Que cela nous plaise ou non, nous sommes socialement conditionnés à valoriser certains types de mort et à en mépriser ou à en craindre d'autres. C'est pour ça qu'il est relativement facile à une sœur de dire « mon frère est mort au front » et beaucoup plus difficile à une autre de dire « mon frère est mort d'une overdose » ou « ma sœur s'est suicidée ». Mais le chagrin d'une sœur n'est pas proportionnel à l'acceptabilité sociale de la mort de son frère ou de sa sœur.

Une semaine après avoir vu cette pièce, j'ai appris que mon frère avait été tué au front. Est-ce que j'ai été contente qu'il n'ait pas été emporté par la drogue, la rue ou le dégoût de la vie, mais plutôt par un éclat d'obus dans une tranchée froide et humide ? Je ne sais pas. J'espère que non. Si c'était le cas, je ne pense pas que je me l'avouerais complètement.

Quand j'ai commencé à poser des mots sur mon deuil, je me suis rendu compte que je choisissais les parties nobles de ma douleur et que j'en repoussais les aspects les plus sombres dans les profondeurs. Ils étaient pourtant présents dans chaque ligne, visibles de moi mais cachés aux autres. Je m'autorisais à plonger relativement loin dans mon chagrin, mais jamais assez. À chaque fois, je m'arrêtais à une barrière invisible, derrière laquelle résidait la vraie douleur. Celle qui ne portait en elle aucun mot pour la décrire, seulement cette sensation de nausée qu'on éprouve à l'instant de s'évanouir. Cette barrière, je n'osais pas la franchir. Je ne voulais pas m'évanouir et perdre le contrôle. Il m'a fallu longtemps pour comprendre que ma nausée était un signe de peur : j'avais peur d'être jugée si jamais je racontais toute l'histoire.

Je ne voulais pas qu'on me juge, mais par-dessus tout je ne voulais pas avoir peur d'être jugée.

Mon frère est mort à la guerre – mais est-ce que sa mort était moins un gâchis pour autant ? Il a vécu une belle vie. Il a vécu une vie épouvantable. Il a vécu une vie qu'il s'était choisie et une vie qui l'avait choisi, lui. Ses quarante-deux années ont été pleines d'aventures, certaines recherchées, d'autres accidentelles, mais toutes accueillies avec ce qu'on pourrait à certains moments qualifier de dignité, à d'autres d'égoïsme, à d'autres encore d'indifférence. Ses compagnons d'armes n'arrêtaient pas de répéter que c'était un brave. Il n'avait pas eu besoin d'aller à la guerre pour faire la preuve de son courage. Il faut du cran pour refuser le conformisme et choisir la liberté de préférence à toute autre convention, même si cette liberté était parfois synonyme d'absence de logement, de nourriture ou de revenu. J'étais bien décidée à me montrer au moins à moitié aussi courageuse que lui l'avait été, ce qui supposait de ne plus me cacher derrière ma douleur noble et d'être assez brave pour raconter *toute* l'histoire.

Cœur

Tu n'étais pas certain d'être encore en vie. Tu n'arrivais pas à savoir si ton cœur battait encore, si ton sang circulait encore dans tes veines. Alors tu as décidé de vérifier. Tu as décidé de trouver un objet tranchant qui fendrait ta peau, tes chairs, qui ouvrirait la fine membrane recouvrant le flot qui pulsait à l'intérieur. Tu te disais : si le rouge jaillit, s'il se précipite dehors comme un prisonnier qui attend sa libération depuis des années, s'il commence à donner un peu de couleur au gris et au noir tout autour, cela te réconfortera peut-être – il y avait encore de la vie en toi. Et quand tu as résolu de faire en sorte de la garder en toi, tu as trouvé un linge pour comprimer la plaie et tu as levé ton bras blessé au-dessus du cœur.

Je ne t'ai jamais demandé pourquoi tu avais fait ça. Je ne t'ai jamais demandé si tu étais vraiment si fatigué de la vie que tu te sentais prêt à la voir s'achever. Je ne te l'ai jamais demandé, mais j'ai toujours eu envie de le savoir. Alors voici l'histoire que j'ai inventée pour me l'expliquer.

Tu avais quitté ton ancienne vie et brûlé tes vaisseaux. Tu avais décidé que tu en avais assez. Encore une fois. Alors tu es retourné vers le pays de tes rêves. D'une ville à l'autre, tu t'es rapproché de ta destination. De cet endroit où tu pourrais de nouveau être un petit garçon, aimé et protégé. Où tu pourrais être un jeune homme qui vient de tomber amoureux pour la première fois. Cet endroit que tu avais dû quitter à l'âge adulte, mais où tu avais laissé un gros bout de ton cœur. Peut-être même ton cœur tout entier. C'était peut-être pour cette raison que tu ne l'avais pas senti battre pendant toutes ces années : il était trop loin du reste de ton corps. Si seulement ton jeune cœur et toi pouviez être réunis, tu serais de nouveau entier. Guéri. Vivant. Voilà ce que tu te disais.

Pour franchir la frontière entre ton ancienne vie et le pays des rêves, il fallait changer de train parce que les voies ferrées étaient différentes de l'autre côté. Leur écartement plus important à partir de la lisière orientale de l'Europe est un funeste rappel du fait que le Rideau de fer appartient peut-être au passé d'après les livres d'histoire, mais que son fantôme vous chuchote encore à l'oreille au moment de quitter un train pour le suivant : « Tu es sûr de vouloir passer à l'est ? » Tu étais sûr. Tu t'es empressé de descendre du wagon aux sièges moelleux et propres, et tu es allé poser tes quelques affaires sur la couchette dure et inconfortable d'un train qui avait connu des jours meilleurs.

Le train a atteint sa destination finale au petit matin. À cette heure où la nuit ne règne plus, mais où le jour n'a pas encore tout à fait pris les commandes. Un moment où tout est possible, où les trains arrivent d'horizons lointains pour donner à leurs passagers ensommeillés une chance de repartir à zéro. Les haut-parleurs de la gare ont diffusé une marche de bienvenue – une tradition propre au pays des rêves. Les voyageurs ont déboulé un à un des wagons comme des pelotes de laine d'un panier renversé ; chacun d'eux laissait une extrémité du fil dans le train, ou peut-être même à la gare où il était monté, et emportait l'autre extrémité avec lui où qu'il aille, jusqu'à ce qu'il n'y ait plus de laine à dérouler.

Shootant dans ta boule de laine, tu lui as fait descendre le marchepied du wagon et tu l'as regardée rouler sur le quai. La ligne rouge dessinait une piste devant toi et tu l'as suivie. Que pouvais-tu suivre d'autre en l'absence de ton cœur ? Le fil t'a conduit hors de la gare et guidé dans les rues familières. Après être passé devant le nouveau cirque et le vieux théâtre, l'hôtel glauque et la fontaine joyeuse, tu t'es retrouvé à proximité d'un bâtiment familier. Quelque chose s'est serré dans ta poitrine. Tu t'es approché de la porte d'entrée et tes doigts ont pressé la sonnette. Personne n'a répondu. La couleur de cette porte d'entrée, l'odeur de cette rue, la sonnette sous ton doigt. Pouvaient-ils te dire où était ton cœur ?

La pelote de laine t'a conduit plus loin. Au coin de la rue, elle est entrée d'une cabriole dans une vieille aire de jeu délabrée. Si tu avais fermé les yeux, tu aurais pu voir les balançoires bleu vif, le bac à sable plein de pelles et de seaux colorés, les bancs fleuris. Si tu les avais gardés fermés, tu aurais entendu les rires des enfants qui couraient autour du tourniquet : « Plus vite, plus vite, plus vite », criaient ses passagers tout excités. Mais tu as gardé les yeux ouverts et tu n'as rien vu de tout cela. À la place, tu as vu des morceaux de bois cassés qui devaient autrefois entourer le bac à sable, un bout de métal tordu qui devait tenir les balançoires. Il y avait plein de mégots autour du banc, alors tu as sorti ton paquet de cigarettes de ta poche et tu t'en es allumé une. Quand tu as soufflé la fumée, tu as senti que tes poumons peinaient à faire leur travail et tu t'es souvenu de ton cœur.

Le fil rouge t'a conduit vers une école du quartier. Les larges fenêtres avaient toujours les mêmes châssis de couleur sombre, la porte était toujours d'un marron rebutant. Cette école se trouvait entre une prison de sinistre réputation et le ghetto créé pendant la guerre. Un emplacement qui pouvait en apprendre davantage aux écoliers sur l'histoire de ce quartier qu'aucun de leurs enseignants n'oserait jamais le faire. Tu t'es approché de cette porte rebutante mais familière, pour voir de plus près la plaque inconnue qui était apposée à côté d'elle. Elle rendait hommage à « un héros tombé pour la patrie ». Tu n'as pas reconnu l'homme qui était décrit sur cette plaque, mais on pouvait y lire ton nom. Ton nom et ta date de naissance. Ton nom, ta date de naissance et ta date de décès. Cette dernière se situait sept ans plus tard.

Tu savais donc désormais, du moins en théorie, qu'il te restait sept ans à vivre. Cette vie que tu ne ressentais pas. C'était l'occasion rêvée de tester si elle était bien là.

Tu t'es souvenu d'un autre endroit où tu avais pu laisser ton cœur et tu as donné un coup de pied à la pelote dans cette direction. Elle a obligeamment gravi une colline, la plus haute des environs. Juché au sommet, tu as vu le semis de tuiles rouges, tous ces toits qui parvenaient curieusement à prendre la forme d'une ville. Tandis que des lumières apparaissaient aux fenêtres sous les toits rouges, tu t'es allumé une autre cigarette. Ton cœur restait introuvable. La pelote de laine ne bougeait plus. Il n'y avait nulle part ailleurs où aller.

Le moment et le lieu semblaient bien choisis pour ton expérience. Tu as regardé autour de toi pour voir si l'un ou l'autre des fêtards qui fréquentaient cet endroit aurait laissé quoi que ce soit qui pourrait faire l'affaire. À ta grande surprise, tu n'as pas trouvé de tesson de bouteille. Mais tu as trouvé un morceau de boîte de conserve. Sans doute le vestige du casse-croûte qui avait accompagné une bière. Le morceau de fer-blanc était coupant et il s'est enfoncé dans le bras sans le moindre effort. La peau a cédé, les chairs se sont ouvertes et un fil rouge a dégouliné de ton bras pour rejoindre l'autre à tes pieds.

Tandis que tu regardais ce filet de sang rouge rencontrer le brin de laine rouge, tu t'es rendu compte que tu éprouvais quelque chose. Le choc était tel qu'il t'empêchait d'identifier précisément la sensation. Était-ce de la joie ? Du soulagement ? De la douleur ? Tu éprouvais ce qu'on ne pouvait définir autrement que comme la sensation d'être vivant. Ton expérience avait marché ! Transporté à l'idée qu'il y avait encore de la vie en toi, tu as baissé la main qui tenait le morceau de fer et accidentellement tranché le fil de laine.

L'intensité des lumières de la ville a faibli, comme celle de ta cigarette. La sensation de vie qui venait d'apparaître a laissé place à ce serrement dans la poitrine que tu avais déjà éprouvé, au pied de l'immeuble familier. Finalement, l'étau s'est desserré et un oiseau s'est envolé de ta poitrine : une étrange créature au plumage rouge. Battant des ailes de toutes ses forces, il ressemblait à un cœur palpitant. Il s'est posé sur la pelote de laine à côté de toi. Le fil que tu croyais sectionné tenait encore au reste, mais à peine. Tu as fait un nœud pour bien le rattacher, tu as pris un peu de laine pour panser la plaie de ton bras et tu as bercé l'oiseau dans l'autre.

Les lumières de la ville luisaient de nouveau sous tes yeux. Tu as commencé à réfléchir à ce que tu pourrais faire des sept années qu'il te restait à vivre.

Théorie et pratique de la guerre, deuxième partie

« Ceci sera la dernière de nos trois séances sur la Seconde Guerre mondiale. Avant les vacances de Pâques (vous vous en souvenez certainement), nous avons étudié les causes de la guerre et examiné les raisons de la victoire soviétique sur le front de l'est. Le cours d'aujourd'hui portera sur les *coûts* de la Seconde Guerre mondiale. »

En introduisant la séance, j'ai remarqué que les étudiants avaient l'air avides d'apprendre ; ils s'étaient reposés pendant les vacances et étaient prêts à s'engager dans la discussion, d'autant que l'examen approchait et que peu de choses peuvent motiver plus puissamment des étudiants. Consacrer neuf heures à la guerre sur le front de l'est est relativement généreux pour un cours d'histoire dans une université britannique. Normalement, il faudrait tout expédier en une séance, des causes aux conséquences, le tout en réussissant malgré tout à faire comprendre la complexité de la situation. Avoir devant moi trois heures pour parler de la question des coûts avec des étudiants enthousiastes aurait dû me faire l'effet d'un rêve éveillé. Mais pas cette année.

Contrairement à mes étudiants, j'étais revenue des vacances épuisée, déboussolée, à peine capable de fonctionner dans la vie quotidienne et encore moins dans un cadre professionnel.

En temps normal, quand je donne mon cours sur les coûts de la guerre, j'encourage mes étudiants à penser aux êtres humains qui se cachent derrière les chiffres que donnent les manuels scolaires, parce que ce sont bien des individus qui sont fauchés par les guerres, les épurations ethniques et les génocides ; ce sont des êtres vivants, respirants, qui en deviennent concrètement les victimes. Ce ne sont pas des pertes abstraites. Chaque perte humaine est la perte d'une vraie personne, et chacune signifie que c'est une famille tout entière qui voit son monde voler en éclats. Et voilà que j'essayais maintenant d'imaginer à quoi pourrait ressembler un livre d'histoire sur la guerre du Donbass, cette guerre qui comptait mon frère parmi ses malheureuses victimes. J'essayais de voir mon frère comme faisant partie du bilan humain, mais j'en étais incapable. Il ne pouvait se résumer à un chiffre, aussi grand ou petit fût-il.

Brusquement, le mot « coût » m'a paru bizarre. J'imaginais deux personnes en train de discuter sur un marché :

« Elles sont à combien, vos guerres ?

– Oh, ça dépend, Monsieur. Vous envisagez une petite guerre locale ou une guerre mondiale totale ?

– Une petite guerre locale, pour commencer.

– On dira entre cinq et vingt mille.

– Et une grande ?

– Oh, là, ça montera à plusieurs millions, j'en ai peur.

– Plusieurs millions, vous dites ? Dans ce cas, je vais rester sur une petite pour l'instant.

– Très bon choix, Monsieur. Je vous l'emballe ?

– Non, ça ira. Je ne vais pas loin. »

Ce dialogue grotesque se jouait dans ma tête tandis que j'essayais de parler aux étudiants des pertes civiles et militaires, de la Shoah, des viols, des destructions, des traumatismes.

J'ai passé le reste du cours à me concentrer sur les faits tout en essayant d'avaler la boule que j'avais dans la gorge. Je ne voulais pas confier à mes étudiants la tragédie personnelle que j'étais en train de vivre. J'adore enseigner, c'est une chose qui me vient naturellement ; en revanche, me contenter de donner un cours magistral est contre nature pour moi. Je me sentais coupable de cacher mes vraies pensées à mes étudiants, alors que j'attendais d'eux qu'ils fassent preuve d'honnêteté et d'ouverture d'esprit dans leurs analyses historiques. Je me sentais en situation d'échec parce que je n'arrivais pas à prendre du recul par rapport au sujet de mon enseignement ; au contraire, je voyais la neutralité, l'impartialité, l'objectivité et toutes ces autres qualités qu'un historien est censé posséder se faire la malle. J'avais l'impression que je ne pourrais plus jamais enseigner la guerre. Je commençais aussi à douter de ma capacité à mener des recherches sur le sujet.

Le trimestre s'est achevé, mais la saison des colloques ne faisait que débuter. Malgré la mort de mon frère, j'ai décidé de n'annuler aucun des engagements que j'avais pris. Je me disais que me plonger dans mes recherches sur la guerre m'aiderait à détourner mes pensées de sa réalité. J'avais tort. À chaque fois que je devais donner une conférence, je faisais une crise de panique. Je ne suis pas certaine d'avoir compris à l'époque qu'il s'agissait de cela, mais je savais que la réaction que je faisais pendant ces colloques était différente du simple trac qu'on éprouve avant de prendre la parole en public. J'étais prise de vertige, essoufflée, nauséeuse, un peu comme si j'allais mourir. J'en étais embarrassée et je craignais que des collègues, me voyant dans cet état, me trouvent peu professionnelle.

J'avais peur que les gens jugent mon travail à travers le prisme de ma tragédie personnelle : « Son frère est mort à la guerre, c'est pour ça qu'elle dit ça… » J'avais remarqué que ceux qui savaient que j'avais été personnellement touchée par la guerre jetaient un coup d'œil dans ma direction à chaque fois que quelqu'un évoquait « les familles endeuillées ». Je ne voulais pas devenir la « sœur de soldat » de service. Je voulais que mon travail soit évalué en fonction de ses mérites. J'ai pris les colloques en horreur et commencé à redouter les conversations légères pendant les pauses déjeuner ou les soirées de gala. La guerre du Donbass arrivait toujours sur le tapis. J'étais incapable de bavardage léger sur le sujet.

C'est au cours d'un de ces colloques, pendant une communication en particulier, que j'ai compris ce qui provoquait une réaction aussi vive chez moi. Cette présentation était le fait d'un universitaire relativement jeune et relativement réputé, qui consacra une trentaine de minutes (soit un temps supérieur au temps alloué à sa communication, et qui me parut interminable) à des réflexions théoriques sur le conflit en cours. En soi, le fait d'élaborer des théories n'est pas dérangeant ; après tout, j'en faisais autant. S'efforcer de définir les cadres de réflexion et le vocabulaire qui nous permettront de parler des guerres est essentiel. Non, ce qui était dérangeant, c'était que sa communication parlait de la guerre, c'est-à-dirc d'un événement qui voit des êtres humains vivre et mourir, mais que ces derniers en étaient totalement absents. L'auteur citait des philosophes et des théoriciens, faisait des petites blagues pour intellos. Circonstances aggravantes, je l'avais vu terminer sa présentation (ou l'écrire de zéro ?) le matin même. J'en étais d'autant plus agacée que je savais que la rémunération prévue pour les orateurs, dont moi-même (cela n'arrive pas souvent, mais c'était le cas en l'occurrence), était équivalente à la solde mensuelle de ceux qui servaient au front. Mais tout cela n'aurait pas été grave, je crois, sans cette apparente indifférence pour les gens dont il était en train de parler. Je n'attendais pas de ce chercheur de la compassion ou du respect. Ma propre communication était une critique de la militarisation et de la culture qui entoure l'héroïsation des soldats morts. Tout ce que j'attendais, c'est une prise en compte de l'humain, dans toutes ses dimensions, bonnes, mauvaises, détestables, lorsque nous abordions ces sujets, pas seulement sous l'angle de l'analyse théorique et de la spéculation philosophique.

Cette communication m'a amenée à bien réfléchir au regard que je portais sur mon propre travail académique. Étais-je désormais trop impliquée ? Avais-je cessé d'être une chercheuse le jour où j'étais devenue la sœur d'un soldat mort au combat ? Étais-je capable d'impartialité ? Devais-je même être impartiale ? Je me disais : c'est un travail, comme n'importe quel autre. Tu le fais, tu rentres chez toi, tu l'oublies et tu reprends le cours de ta vie. Mais ce qu'il y a, c'est que mon rapport au travail n'a jamais été celui-là, même avant la mort de mon frère. Mon travail était ma vie, et les discussions sur le thème de la guerre l'étaient aussi. Maintenant que la guerre elle-même avait fait effraction dans mon existence, j'aurais voulu de toutes mes forces que cela devienne juste un travail, mais je ne voyais pas comment m'y prendre.

Depuis la mort de mon frère, la guerre fait partie de mon quotidien et j'ai appris à vivre avec. J'aimerais pouvoir dire que je ne fais plus de crises de panique pendant les colloques consacrés à ce sujet, mais ce ne serait pas vrai. Ce que j'ai appris, en revanche, c'est qu'être vulnérable n'est pas le symptôme d'un échec ; cela peut même faciliter la discussion sur quelque chose d'aussi inimaginable et pourtant aussi banal que la guerre. J'ai également appris qu'honnêteté et impartialité ne sont pas incompatibles.

« Vos cours sur la Seconde Guerre mondiale sont différents des autres cours que je suis sur le sujet », m'a confié un étudiant qui s'était spécialisé dans les études sur la guerre et qui se préparait à entrer dans l'armée britannique après son diplôme.

« Dans quel sens ? » lui ai-je demandé. Il a réfléchi un petit moment, cherchant le mot juste.

« Vous avez une approche très émotive », par répondre.

J'ai pensé qu'il devait dire ça parce qu partie des très rares femmes du département à enseigner sur le sujet. C'était la fin du trimestre et j'étais trop fatiguée pour lui expliquer en quoi l'emploi du mot « émotive » pouvait poser problème, alors je lui ai simplement demandé de préciser sa pensée.

« Vous parlez des gens. Dans vos cours, il est tout le temps question des êtres humains, a-t-il ajouté. Pas seulement des batailles, mais des êtres humains.

– Mais ce sont des êtres humains qui mènent ces batailles, non ? Des êtres humains qui meurent et qui tuent d'autres êtres humains. » J'essayais de lui expliquer ce qui me semblait tomber sous le sens, mais qui, manifestement, n'était pas évident pour tout le monde.

« C'est vrai, j'imagine. C'est juste que je n'avais jamais vu ça de cette manière », avoua l'étudiant qui s'apprêtait à devenir soldat.

L'endroit le plus sûr de l'armée

J'avais l'impression de connaître cet endroit à la fois extrêmement bien et pas du tout. Dans mon enfance, j'avais vécu dix ans juste à côté. J'avais vu mes amis fumer leur première cigarette au pied de ses murs, fait l'école buissonnière dans le jardin d'en face et, tous les matins de la semaine, je voyais avec un mélange de curiosité et de méfiance d'étranges créatures en uniforme entrer et sortir du bâtiment. Celui-ci, de par son caractère inaccessible (on ne pouvait y entrer que par une porte sécurisée particulière), secret (il était entouré par une haute clôture ; haute en tout cas à mes yeux de l'époque) et masculin (presque tous ceux qui entraient et sortaient étaient des hommes) incarnait à la perfection, dans mon jeune esprit impressionnable, le soviétisme, le poids des institutions et le patriarcat, même si je ne comprenais pas complètement ces concepts à l'époque.

Le bâtiment en question était le commissariat militaire de Lviv. C'était un endroit où des hommes mûrs en uniforme allaient travailler. Un endroit où de jeunes gens sans uniforme se présentaient (souvent à contrecœur) pour y être dotés d'un uniforme et expédiés là où « on ferait d'eux des hommes ». Un endroit où des mères arrivaient avec des yeux pleins de larmes et des enveloppes pleines de billets, et dont elles repartaient soulagées de leurs billets, mais aussi de savoir qu'on n'allait pas « faire des hommes » de leur progéniture loin de leur regard aimant.

Je connaissais bien ce bâtiment, et pas seulement parce que mon père avait servi dans l'armée soviétique dans les années 1970 et qu'il avait continué pendant toute mon enfance à faire partie des réservistes des forces armées ukrainiennes nouvellement constituées, ni seulement parce que ce bâtiment avait mes deux frères dans son viseur. Je le connaissais bien parce que mon école se trouvait juste à côté.

Celle-ci avait une position privilégiée, prise en sandwich qu'elle était entre le commissariat militaire d'un côté et une brasserie de l'autre. Les deux lieux respiraient la virilité, et cette haleine était souvent chargée de la même odeur : celle de l'alcool bon marché. Les deux étaient entourés d'une haute clôture et d'un accueil où on vérifiait votre identité. Et les deux se confondaient dans mon esprit, dans la mesure où ils m'étaient interdits d'accès. Cette restriction de mes mouvements ne me contrariait pas. Les petites filles s'habituent à ce que des espaces leur soient impénétrables simplement à cause de leur sexe. De toute façon, je préférais les théâtres et les salles de concert, et je laissais donc volontiers la brasserie et le commissariat aux garçons s'ils les voulaient.

Le problème, cela dit, au moins en ce qui concerne le commissariat, c'était que les garçons n'en voulaient pas réellement. D'où les mères qui se munissaient d'enveloppes dans l'espoir de soudoyer des officiers souvent pauvres mais parfois tout simplement corrompus. Ensemble, ils cherchaient quelle maladie ou quelle autre raison inventer pour qu'un jeune homme puisse être exempté de service militaire.

Ma mère, comme beaucoup d'autres bonnes mères ukrainiennes, était prête à faire son devoir et à graisser la patte d'un fonctionnaire afin d'épargner à son aîné d'entrer dans l'âge d'homme sous un uniforme – expérience qui s'accompagnait fréquemment de son lot de mauvais traitements, d'insultes et d'humiliations. Mais, contrairement à nombre de ses contemporains, Volodya aspirait à servir dans l'armée. Il pensait sincèrement que c'était le seul moyen de devenir un homme. Ma mère dut donc se soumettre à sa volonté et le laisser faire son service.

L'histoire prit toutefois un autre tour. Le dossier médical de Volodya comprenait une mention qui le rendait inapte. Lui qui était par ailleurs un enfant en bonne santé avait connu un épisode qui avait conduit les médecins à penser qu'il présentait un risque de devenir épileptique. Ce ne fut pas le cas, mais l'annotation resta dans le dossier. Nous l'avions tous oubliée, mais, comme chacun le sait, les dossiers soviétiques ne brûlent pas (à moins de soudoyer quelqu'un) et elle refit surface quand Volodya fut appelé sous les drapeaux. On l'informa à ce moment-là qu'il ne pourrait finalement pas faire son service.

La détresse d'un garçon pressé de devenir un homme est difficilement descriptible. Alors que nous avions déjà accompli tout le tralala auquel on se livre généralement quand un jeune homme part à l'armée (c'est-à-dire que la famille au grand complet et tous les amis de la famille avaient été invités à se réunir, comme s'il s'agissait de l'envoyer à la guerre dans les années 1940), apprendre qu'il ne ferait pas son service était pire qu'une déception. Et ma mère se retrouva à utiliser l'enveloppe, qui n'avait pas servi à le libérer de ses obligations militaires, pour faire en sorte que son rêve d'armée devienne réalité. Pour lui rendre la tâche plus difficile encore, Volodya était un ambitieux : non seulement il voulait faire son service, mais il voulait le faire dans la marine. Or, dans les années 1990, il n'y avait au sein des forces armées ukrainiennes aucun endroit plus dur que la marine. Ma mère a échoué : elle n'a pas réussi à l'y faire entrer. En revanche, elle a pu lui faire intégrer ce qu'il y avait de mieux après la marine (ou de pire, selon le point de vue) : la garde nationale, qui avait été créée à la suite de l'indépendance de l'Ukraine en 1991.

Le service militaire de mon frère a coïncidé avec la première « crise de Crimée », entre 1991 et 1994, lorsque l'Ukraine et la Russie se partageaient la flotte de la mer Noire et que la Russie cherchait à prendre le contrôle de la péninsule. Il se trouve que c'est au cours de la même période que la première école en ukrainien fut ouverte dans cette région majoritairement russophone. Un groupe d'enfants ukrainophones de la ville de Lviv y fut envoyé en délégation pour rencontrer des camarades. J'en étais et c'est ainsi que j'ai eu l'occasion de découvrir la belle péninsule. Je me souviens que nous avons eu comme chauffeur un Tatar de Crimée qui a expliqué à ma mère à quel point sa famille et lui peinaient à s'installer dans la région. Il comprenait donc bien les Ukrainiens de Crimée, qui étaient en butte au même type de discrimination. Les Tatars de Crimée avaient été déportés en 1944 par Staline, qui les accusait collectivement d'avoir collaboré avec les nazis. Ce ne fut que dans les années 1990 qu'ils commencèrent à revenir et à reprendre possession de leurs maisons. À neuf ans et quelques, je ne comprenais pas vraiment la situation, mais j'étais fière de porter ma chemise brodée traditionnelle et de me faire prendre en photo devant les paysages exotiques et ensoleillés de la belle Crimée.

Quand mon frère a eu vent de notre petite escapade, il était déjà soldat dans la garde nationale. Il s'est mis très en colère. Je ne l'avais jamais entendu parler sur ce ton à ma mère. Il l'a appelée depuis son unité basée à Kyiv pour lui dire que nous nous étions comportées comme des irresponsables, que, pendant que nous flânions en chemise brodée, eux recevaient l'ordre d'être prêts à se déployer sous le soleil de la péninsule pour protéger l'intégrité territoriale de l'Ukraine. Il avait l'air de beaucoup s'inquiéter de notre sort. Peut-être qu'il était réellement en train de devenir adulte. Quant à savoir si c'était grâce à l'armée ou malgré elle, c'est une autre question.

Un an et demi plus tard, son service terminé, il est rentré à la maison avec le grade de sergent. Il avait appris à savoir ce qu'étaient le pouvoir et l'abus de pouvoir, la hiérarchie et l'injustice, ainsi que plein d'autres choses qui peuvent servir quand on entre dans l'âge adulte. Il avait aussi découvert qu'il ne voulait pas devenir soldat de métier. L'armée avait clairement des progrès à faire pour attirer à elle les bonnes volontés, à moins que son objectif ait été de détourner définitivement les jeunes gens qu'elle formait de tout ce qui pouvait avoir un rapport avec elle.

Plus de vingt ans après son service, mon frère a finalement donné sa vie pour l'intégrité territoriale de l'Ukraine. Et, plus de vingt ans après cet épisode, le commissariat militaire où il avait été enrôlé offrait un triste spectacle. Même à travers mes yeux nettement plus adultes et moins impressionnables, il continuait à incarner le soviétisme, le poids des institutions et le patriarcat.

*

Ma mère, mon compagnon et moi nous sommes arrêtés à l'accueil, car nous n'avions pas de pièce d'identité qui pourrait nous permettre d'entrer. J'ai abordé le vigile en lui indiquant que nous allions voir Alla Viktorivna. Il nous a simplement fait signe de passer. Ces locaux n'étaient donc pas si impénétrables que ça, en fin de compte.

Tandis que nous parcourions un dédale de rues intérieures, j'ai remarqué la peinture écaillée des façades et les sourires à moitié déchirés des visages de soldats et de familles de soldats qui figuraient sur les affiches de recrutement au graphisme sommaire. Certaines briques des murs étaient manquantes ou avaient l'air de vouloir se faire la malle. Enfin je pénétrais dans ce saint de saints qui m'était inaccessible quand j'étais petite ; on aurait dit les ruines d'un temple qui se serait effondré en même temps que le régime qui l'avait édifié.

Alla Viktorivna se souvenait bien du jour où Volodya s'était engagé pour servir dans le Donbass. Elle nous raconta l'avoir vu attendre dans le couloir : « Là, juste là sur ces chaises », dit-elle en montrant les sièges miteux dans le couloir qui passait devant son bureau.

« Je lui ai dit : "Mon petit soleil, vous n'êtes pas enregistré dans ce commissariat. Vous devriez aller là où vous êtes enregistré." »

Mon petit soleil. Je ne pense pas qu'aucun de nous ait jamais appelé Volodya d'une manière qui ressemble de près ou de loin à ça, mais cette inconnue l'avait fait. « Mon petit soleil. » Ça me faisait plaisir de l'entendre désigner mon frère comme ça.

« Mais il n'a rien voulu savoir, poursuivit-elle. Il m'a dit : "C'est d'ici que je suis parti faire mon service et c'est d'ici que je partirai à la guerre." »

Elle avait cédé. Volodya était parti à la guerre depuis leur commissariat.

Vingt ans plus tôt, il avait convaincu une femme – ma mère – de faire tout ce qui était en son pouvoir pour s'assurer qu'il irait à l'armée dans les conditions qu'il aurait choisies, et voilà qu'il en avait fait autant avec une autre.

Alla Viktorivna a endossé la charge émotionnelle consistant à nous parler et à écouter la famille en deuil que nous étions, elle s'est efforcée de nous consoler dans les couloirs qui menaient au bureau d'Oleh, l'officier qui nous avait accueillis à l'aéroport avant les funérailles un an plus tôt. Il portait le même uniforme que tous ces hommes qui avaient disparu de l'autre côté de la haute clôture quand j'étais petite. J'ai remarqué qu'il lui allait bien. Après nous avoir salués, son visage assez avenant (ce qui était inhabituel chez un soldat) a repris cet air austère qui m'était familier depuis le jour où nous l'avions rencontré à la descente de l'avion. Il avait dû s'exercer à le prendre, ou alors ça vient naturellement après avoir rencontré quelques familles comme la nôtre pour leur annoncer la perte d'un être cher.

Il s'est adressé à ma mère sur un ton officiel qui allait avec sa mine officielle : « Je vous remets cette médaille pour le courage, qui a été décernée à votre fils à titre posthume. »

Il a donné à ma mère un petit écrin contenant une médaille. Il nous a aussi montré un paragraphe concernant mon frère dans une publication mémorielle. C'était déjà le troisième volume de la série. Ce ne serait pas le dernier. Nous nous sommes tous tus. Nous avions tous du mal à retenir nos larmes.

Où range-t-on une médaille décernée à titre posthume ? Ce n'est pas comme un trophée de natation ou le diplôme d'un concours de dessin remporté par son enfant. On ne met pas ça sur la cheminée ou au mur. Peut-être qu'on l'enfouit quelque part au fond d'un tiroir. Avec son chagrin, ses souvenirs, son amour.

Comme le silence devenait pesant, je me suis lancée :

« Vous savez quoi, j'ai écrit une pièce sur Volodya. Sur sa mort. Enfin, sur sa vie aussi. Ça vous intéresserait de la voir ? »

En même temps que je parlais, j'avais l'impression qu'Alla Viktorivna et Oleh devaient se dire : « Mais qu'est-ce qu'elle raconte ? Une pièce ? » Mais ils ont tous les deux répondu : « Bien sûr !

– Envoyez-la-moi par Viber, a ajouté Alla Viktorivna, je la ferai suivre à Oleh.

– Et si vous me donniez tout simplement vos adresses mail professionnelles pour que je vous l'envoie à tous les deux ? Vous pourrez peut-être la regarder ici avec des collègues, ai-je suggéré en montrant l'ordinateur installé sur un vieux bureau en bois.

– Ça non, on ne pourra pas la regarder ici, a répondu Alla Viktorivna en montrant le même terminal. Je ne peux lire mes courriels que chez moi ou sur mon téléphone. Le commissariat militaire n'a pas internet. »

Je n'en croyais pas mes oreilles. Dans un pays où n'importe quel café a le wifi, souvent accessible sans mot de passe et plus rapide que le haut débit dont je dispose chez moi à Londres, les employés du commissariat militaire doivent utiliser leur téléphone personnel pour rester en contact avec des gens comme nous et lire leurs courriels en rentrant chez eux le soir.

« Mais ce n'est peut-être pas si mal de ne pas avoir internet, a ajouté Alla Viktorivna avec sa bonne humeur habituelle. Comme ça, nous ne craignons aucune cyberattaque de la part de l'ennemi ! »

Ça nous a tous fait rire. De fait. Pour ce qui était des cyberattaques, ce devait être l'endroit le plus sûr de toute l'armée.

Je lui ai envoyé le lien vers la vidéo de ma pièce sur Volodya. Peut-être qu'elle l'a regardée chez elle. Peut-être même avec son mari, qui était un officier de haut rang. Peut-être même avec son fils, qui venait de rentrer du front – vivant, Dieu merci.

Une tombe douillette

« Vous savez comment les faire durer ? m'a demandé une femme alors que j'arrangeais un pot de fleurs que je venais d'acheter.

– Non, vous sauriez me le dire ? Tout ce que j'apporte ici flétrit toujours vite. Ce serait super de pouvoir les faire durer. »

Elle a entrepris de m'expliquer la stratégie à suivre, mais celle-ci était trop complexe pour mon cerveau de non-jardinière. Perdant patience, elle a fini par me dire : « Écoutez, venez, je vais vous montrer comment on fait sur une autre tombe. »

Nous avons déambulé de tombe en tombe en parlant plantes en pot et méthodes pour les garder en vie. Dans ce lieu consacré aux morts, cette conversation sur les moyens de prolonger la vie, ne serait-ce que celle de fleurs, était agréable.

« En gros, vous coupez en deux une grande bouteille en plastique et vous y installez votre plante. Comme ça, elle aura plus d'eau et durera plus longtemps. Les petits récipients qu'on nous donne en magasin ne font pas l'affaire sur les tombes. Ça marche peut-être chez soi sur un rebord de fenêtre, mais pas sur une dalle en granite. »

Elle m'a montré exactement comment m'y prendre. Je lui ai dit que j'essaierais, même si je n'étais pas certaine d'y arriver, n'ayant jamais été très douée pour ce genre de choses.

« Vous savez, j'ai fait tous les magasins pour trouver quelque chose de mieux qui fasse le même usage, pour que ce soit plus joli qu'une bouteille décapitée, mais ils n'ont rien de ce genre ! Je ne comprends pas pourquoi. Je pense que je vais carrément commander un pot en Pologne spécialement pour cette tombe. »

Elle désignait la tombe voisine. C'était celle d'un célèbre soldat qui avait abandonné une brillante carrière de chanteur d'opéra en Europe occidentale pour venir se battre en Ukraine.

« Vous étiez liés ? lui ai-je demandé, en marchant sur des œufs parce que je savais combien ces questions peuvent être douloureuses.

– Non. »

« Non », c'était une réponse trop brève pour une femme aussi bavarde, mais j'aurais été gênée d'insister, alors je me suis dit que la nature de la relation entre cette femme et le disparu ne me regardait pas. Nous avons continué à parler horticulture.

« Vous voyez ces soucis ? Ils aiment avoir beaucoup d'eau. Beaucoup de terre. Comme je ne peux pas les planter là parce qu'il n'y a pas de terre pour les planter directement sur la tombe, j'ai fabriqué ces pots tout exprès pour eux. Vous voyez comme ils sont profonds ? »

J'avais déjà remarqué ces soucis impeccablement entretenus et je m'étais souvent demandé qui s'en occupait, car ils devaient nécessiter beaucoup de soins pour se porter aussi bien. Sachant que c'était elle, je n'ai pas pu résister davantage à l'envie de lui demander quel était son lien avec la tombe aux soucis.

« Aucun. Personne de ma connaissance n'est enterré ici. Personne de ma connaissance n'est au front. C'est juste qu'à un moment donné j'ai commencé à venir ici et à entretenir cette tombe. C'est comme ça que j'ai rencontré la famille de ce soldat et d'autres autour de lui. Et maintenant, je vous rencontre, vous. Nous formons une sorte de petite communauté. Je ne sais même pas comment je faisais pour vivre sans connaître ces gens. »

Je ne voyais pas comment réagir, alors elle a poursuivi son monologue.

« Vous savez, c'est vraiment terrifiant quand on lit dans le journal qu'une tombe a été vandalisée à tel ou tel endroit. On se réveille et on se dit : Et si ma tombe était vandalisée ? » Une réelle inquiétude se lisait sur son visage.

« *Votre* tombe ? ai-je demandé prudemment.

– Celle dont je m'occupe, a-t-elle précisé. Je me calme et je me dis : Ça n'arrivera pas à la mienne parce qu'il y a la vidéosurveillance. Mais ensuite je pense : peut-être que la vidéosurveillance seule ne suffira pas ! Ce serait super qu'ils installent une webcam. Comme ça, on pourrait se connecter à n'importe quel moment de la journée pour voir la tombe en direct. »

Là aussi, je suis restée muette. Je ne voyais pas quoi dire. Je n'arrêtais pas de me demander pourquoi une femme qui n'avait ni parent ni ami dans ce cimetière non seulement venait entretenir les tombes plusieurs

fois par semaine, mais voulait encore pouvoi
veiller sur internet. Elle n'avait rien de mieux à
Elle n'avait pas de vie ?

Toute de noir vêtue, cette femme semblait avo
adopté la tombe d'un soldat comme si c'était celle de son compagnon ou d'un parent. Ça me dépassait : moi qui avais une vraie raison d'être en deuil, je me donnais beaucoup de mal pour avancer dans la vie, pour ne pas rester prisonnière de mon chagrin. Et voilà que cette femme qui n'avait perdu personne dans cette guerre endossait un chagrin qui ne lui appartenait pas, tant et si bien qu'il devenait le sien

Devinant ma stupéfaction, ou peut-être ma réprobation, ma nouvelle connaissance s'est expliquée : « Ce serait bien pour les gens comme vous, une webcam ! Vous ne vivez pas ici, n'est-ce pas ? » (En Ukraine, les gens repèrent généralement tout de suite quelqu'un qui vit à l'étranger.) « Vous ne pouvez sans doute pas venir souvent. Vous pourriez vous connecter pour voir comment va la tombe. »

Comment va la tombe. Aussi étrange que cette idée puisse paraître, je savais que tout au fond de moi ça m'aurait bien plu de pouvoir me connecter de n'importe où pour voir comment allait la tombe. Depuis que mon frère était enterré, j'éprouvais un impérieux désir de me rendre sur sa tombe. J'aspirais ardemment à aller la voir, y passer du temps, allumer les bougies, apporter des fleurs fraîches, nettoyer le granite – bref, en faire une tombe douillette. Je savais bien qu'une tombe n'a pas exactement vocation à être « douillette ». Surtout une tombe de soldat, avec sa pierre tombale uniforme,

…n dorée indiquant le grade, le lieu et …s, et l'incontournable formule : « Sou-… héros ! » Mais je n'y allais pas pour … à un soldat héroïque. J'y allais pour voir … Et je voulais que sa tombe soit douillette.

… j'avais reçu les dessins de la future pierre … préparés par l'architecte en charge du pan-… militaire, j'avais été horrifiée à la perspective que mon frère soit à jamais militarisé : si une photo de lui en uniforme était apposée sur le granite sombre, sa personnalité complexe aux multiples talents serait définitivement réduite à celle d'un soldat. Je n'étais pas certaine que lui y aurait trouvé à redire. Il s'était essayé à bien des rôles et des métiers au cours de son existence et en dernier lieu il avait eu l'air très à l'aise dans la peau d'un guerrier. Mais moi j'y trouvais à redire parce que je savais qu'il était loin de se résumer à ça.

Après avoir consulté ma famille, j'ai entrepris de démilitariser un peu la tombe en lui donnant un aspect plus civil. L'architecte nous a dit que nous pouvions faire graver ce que nous voulions au dos de la stèle. Je l'avais constaté sur des pierres tombales voisines de celle de mon frère. Sur certaines, on pouvait lire des passages de la Bible, le plus fréquent étant une citation de l'Évangile selon saint Jean : « Il n'y a pas de plus grand amour que de donner sa vie pour ceux qu'on aime. » Sur d'autres, on voyait une image presque grandeur nature du disparu en tenue militaire complète. Sur d'autres encore, la famille faisait part de sa douleur.

J'ai décidé d'utiliser ce bloc de pierre pour rappeler aux autres comme à moi-même que mon frère était aussi un artiste. J'ai choisi le dessin de lui que je préférais et je l'ai fait graver au dos de la stèle. Il représentait un homme qui ressemblait à un sorcier marchant au milieu de nulle part, un chat à ses côtés, un aigle au-dessus et un long chemin derrière lui. Ainsi, je pouvais regarder mon frère le soldat, celui que je ne connaissais pas très bien, quand je regardais la stèle de face ; et, quand je passais derrière, je voyais mon frère l'artiste, celui que je connaissais autant qu'on peut connaître un être aussi complexe. J'avais l'impression d'avoir rétabli un certain équilibre.

Je me rendais bien compte qu'avec mon désir de faire de cette tombe une tombe civile, de l'embellir à chaque occasion et d'y passer un maximum de temps, j'étais aussi bizarre que ma nouvelle connaissance avec son obsession pour les soucis. La personne dont les ossements reposaient sous le granite se fichait sans doute royalement que la tombe soit douillette ou que les fleurs durent. C'étaient cette femme et moi qui avions besoin que « nos » tombes soient douillettes.

« Vous savez, il y a un moment de prière ici une fois par mois. Et quelquefois des officiels viennent déposer des fleurs sur les tombes, etc. », m'a-t-elle dit.

J'ai hoché la tête, sans lui dire que je n'étais pas très fan de ces cérémonies officielles. Elles étaient certainement davantage faites pour le bénéfice des politiciens qui les organisaient que pour les morts qui leur servaient de toile de fond.

« Eh bien, ça me contrarie beaucoup que la garde militaire ne vienne pas jusqu'à nos tombes pendant ces événements. Ce n'est pas bien qu'elle se poste seulement près du centre du panthéon et qu'elle ne vienne pas jusqu'à ces rangées. Toutes les tombes devraient être honorées, vous ne trouvez pas ? » dit-elle avec une certaine contrariété.

J'ai de nouveau hoché la tête. Quand j'avais vu aux informations des images des cérémonies officielles au panthéon militaire, j'avais bien remarqué que celles-ci n'atteignaient pas les rangées où se trouvait la tombe de mon frère. Cela me frustrait un peu dans la mesure où cela m'aurait donné une occasion de voir « comment allait la tombe », mais, d'un autre côté j'étais plutôt contente que mon frère (au moins une fois mort) ne soit pas instrumentalisé à des fins de communication. Cela me plaisait qu'on le laisse reposer en paix.

« Vous êtes de Lviv ? » Elle entretenait la conversation.

« Oui.

– Votre frère vivait ici ou à l'étranger ? » Elle insistait.

« À l'étranger.

– Voyez-vous, les gens ne comprennent pas pourquoi quelqu'un voudrait renoncer à une vie confortable à l'étranger pour aller au front. Je leur dis : C'est par patriotisme ! Mais ils ne veulent pas piger ! »

J'ai préféré ne pas lui dire qu'elle non plus ne « pigeait pas ». Que mon frère n'avait pas échangé une vie confortable contre les tranchées, qu'une vie à l'étranger peut aussi être inconfortable, que le patriotisme n'est pas la seule chose qui pousse les gens à partir à la guerre et qu'on peut être patriote sans aller au front.

En l'écoutant parler de sacrifice de soi, je me suis souvenu d'une autre rencontre que j'avais faite près de la tombe de mon frère lors de ma précédente visite, quelques mois plus tôt. Alors que je faisais mon petit ménage habituel (dépoussiérer la pierre, être aux petits soins pour les fleurs, remplacer les vieilles bougies par des neuves), j'ai senti un regard peser sur moi. Je me suis retournée et j'ai vu un jeune homme sur un banc. Il buvait de la bière. Il était quatre heures de l'après-midi, un mardi. Je me suis approchée de lui.

« Vous venez voir quelqu'un que vous connaissez ? » Je me rendais compte que j'avais mal choisi mes mots, mais cette formule avait du sens pour moi parce que c'était mon frère que je venais voir, pas sa tombe.

« Non. Mais j'ai servi dans le même bataillon que ces gars. »

Celui de mon frère.

« Est-ce que vous connaissiez mon frère ? Vous l'avez rencontré ? Vous étiez là-bas en même temps ? » Je le bombardais de questions dans l'espoir d'avoir rencontré quelqu'un de vivant qui serait revenu de ce qui était désormais pour moi le monde des morts. Mais il m'a répondu qu'il n'avait pas connu mon frère. Il avait été démobilisé peu de temps avant que Volodya n'entre dans ce bataillon. Il avait de la chance. Il avait survécu à la guerre. Il pouvait maintenant s'asseoir sur ce banc et prendre une bière.

Je lui ai demandé ce qu'il faisait depuis qu'il était retourné à la vie civile.

« Rien. Personne ne veut de moi. Les gens pensent qu'on ne va pas bien dans notre tête. Ils ont peur de nous. Les gens ne veulent pas engager d'anciens combattants. Ils pensent qu'on pourrait péter un câble et tuer tout le monde, je ne sais pas. »

Il n'avait pas l'air capable de tuer qui que ce soit, mais bien sûr qu'il l'était, ou qu'il l'avait été. Il avait passé beaucoup de temps sur le front et depuis son retour à la vie civile il n'avait bénéficié d'aucun suivi psychologique. Il m'a montré un message sur son téléphone : l'invitation d'un politicien à un meeting de lancement de sa campagne électorale.

« Ils veulent qu'on vote pour eux, mais ils ne feront rien pour nous. Je sais que ce n'est pas à eux de nous donner du boulot ni rien, mais je n'aime pas aller à ces réunions. Je préfère venir ici. »

C'est vrai qu'il avait l'air apaisé, assis sur son banc à boire de la bière. Il avait des yeux très bleus, très sereins. Je les gardais en mémoire encore plusieurs mois plus tard. Je me suis demandé ce qu'il devenait, tandis que je me plongeais dans les yeux gris de la femme aux soucis qui m'avait expliqué comment prolonger la vie des fleurs. J'ai remarqué que son regard à elle aussi était apaisé.

Je lui ai dit au revoir et je suis retournée à la tombe passer encore quelques minutes en compagnie de mon frère. Je me suis regardée dans mon miroir de poche et j'y ai vu des cernes de mascara mêlés de larmes autour de mes yeux bruns ; mais j'ai aussi noté qu'ils avaient l'air un peu plus apaisés que d'habitude.

Pour le cinquième anniversaire de la mort de mon frère, un mois après le déclenchement de l'invasion massive de l'Ukraine par la Russie, j'aurais voulu n'être nulle part ailleurs que sur sa tombe. J'aurais voulu m'activer, disposer les fleurs sur la dalle, peut-être même planter des soucis comme on me l'avait montré quelques années plus tôt. J'espérais apprivoiser le chagrin nouveau que je ressentais pour mon pays en me concentrant sur le chagrin que je ressentais pour mon frère. Mais je n'avais aucun moyen de me rendre dans ma ville natale, qui se trouvait désormais en zone de guerre, et donc sur la tombe, qui semblait réellement appartenir à un autre monde, inaccessible.

Alors que j'étais en larmes dans mon appartement londonien, incapable de dominer mes émotions, j'ai vu une photo apparaître sur mon téléphone. On y voyait la tombe de mon frère. Un bouquet de tiges de saule porteuses de bourgeons pelucheux, signe de printemps, était posé sur le granite, avec un petit mot : « De la part d'Olesya, 24 mars 2022. » Suivait un message d'une amie qui avait quitté Londres pour l'Ukraine quelques semaines avant l'invasion : « Je ne t'ai pas demandé si tu aimais le saule ou si Volodya l'aimait. Mais je me suis dit que ça faisait un bouquet à la fois austère et printanier. » Elle continuait : « Ici, tout est calme. » Ma ville était relativement sûre, mais à ce moment-là elle était la cible de missiles russes, comme le reste du pays. Il n'y avait aucun endroit dans le pays qui fût totalement calme. À part le cimetière, peut-être. « La tombe est douillette », disait mon amie à la fin de son message.

Printemps

J'ai regardé tant de fois les vidéos de la tranchée enneigée, du lac voisin et des gouttes de pluie gelées que j'ai l'impression de m'être moi-même rendue sur ce lieu funeste. J'ai même commencé à éprouver pour lui l'affection qui ressort de manière si évidente des vidéos que j'ai trouvées dans le téléphone de Volodya. La beauté et la sérénité de l'endroit semblaient en faire un cadre particulièrement incongru pour une zone de guerre. Mais la paix et la guerre, la sérénité et la violence peuvent coexister, chez les humains comme dans la nature.

Quand la neige commence à tomber, tout se fait silencieux. Les miettes de diamant qui pleuvent du ciel viennent se déposer sur un doux édredon, se liant à la couche d'en dessous en attendant que d'autres de leurs semblables forment une nouvelle couche au-dessus d'eux. Épaisseur après épaisseur de parfaite immobilité. De blancheur scintillante. De paix insonore. Vu du ciel, le paysage hivernal de la steppe de l'est de l'Ukraine ressemble à un gigantesque duvet dont la trompeuse promesse de chaleur vous attire dans le froid qu'il renferme. Qui plonge dedans s'endort à jamais.

Ce n'est que vu du ciel que ce linceul blanc semble totalement paisible et inanimé. À l'intérieur règne un état de latence, quelque part entre la vie et la mort. Les souris restent assez actives : elles creusent des galeries entières dans la neige. Elles y sont rejointes par les campagnols, qui se font des terriers dans les profondeurs blanches. Là, ils passent les mois d'hiver à l'abri du regard des prédateurs. Du moins en apparence. La belette, avide de nourriture au milieu de l'hiver, saura parcourir les tunnels qu'ils ont aménagés. Ce réseau construit pour leur sécurité deviendra un labyrinthe où se jouera une course-poursuite mortelle.

La renarde, vêtue pour l'hiver, peut chasser sans que le froid la dérange. Elle s'aventurera dehors la nuit, repérera les rongeurs, petits ou gros, dans leurs nids et s'en fera un dîner. Elle a un excellent sens de l'odorat. Il lui suffit de sentir la peur des petites créatures tapies en dessous d'elle, d'enfouir son museau dans la neige et, en un éclair, la proie est entre ses dents.

Certains animaux refusent de capituler devant les prédateurs, aussi petits ou faibles qu'ils puissent être face à eux. Un oiseau à nidification tardive protégera ses précieux œufs par tous les moyens à sa disposition : même si tout ce qu'il sait faire devant le danger, c'est de chanter le plus fort possible.

Le hérisson, en revanche, s'efforce d'hiberner pour éviter d'être témoin de toutes ces atrocités. Le lièvre, qui n'est pas le plus courageux des animaux, fait profil bas toute la journée pour éviter les problèmes et ne sort que la nuit pour chercher de la nourriture et faire un peu d'exercice. Mais cette prudence ne les met pas nécessairement à l'abri du danger. Quelques heures après le coucher de soleil, le grand-duc se met en chasse. Ses yeux orange sont perçants, ses longues griffes prêtes à infliger des blessures mortelles. Juché sur une branche, il observe sa victime et plonge, saisit l'animal condamné entre ses serres et le broie. La seule consolation pour la proie est que la mort est en général rapide. Une fois la victime tuée, elle est avalée tout rond ou mise en pièces pour être consommée morceau par morceau. Et tout ce qu'il en reste, ce sont ces gouttes rouges sur une blancheur par ailleurs immaculée.

Différents chasseurs adoptent des techniques variées pour se sustenter. Plutôt que de fouiller la neige ou de guetter patiemment le bon moment pour attaquer depuis les airs, les loups unissent leurs forces et, en meute, entrent dans les villages pour s'en prendre au bétail vulnérable. De l'union vient la force. Et si vous n'avez pas pour deux sous de jugeote et que vous ne prenez aucune précaution pour vous protéger, à qui la faute si vous devenez la proie d'une meute de loups affamés ?

Mais revenons-en à la couette de froidure. À la paix et au silence. À l'hiver. Ce qu'il y a de mieux avec lui, c'est que tôt ou tard il s'arrête. La glace fond au soleil et révèle la vie qu'elle cachait. Et à mesure que la blancheur, tachetée çà et là de rouge, s'évanouit, le noir en dessous apparaît. Mais il ne reste pas noir longtemps. Les pousses dormantes vertes se réveillent ; devinant un changement dans l'atmosphère, elles se fraient un chemin à travers la terre pour surgir au monde, impatientes de voir par elles-mêmes les rayons du soleil. Quand les lourds nuages, conscients que leurs jours sont comptés, reviennent épancher leur chagrin sur la terre, ce qui tombe n'est plus cinglant ni glacial. C'est nourrissant. Les gouttes de pluie, se posant sur le sol assoiffé, y forment des flaques où se baigneront les oiseaux.

En s'en allant, l'hiver souffle un peu de givre par-dessus son épaule, non pour effrayer qui que ce soit, mais pour laisser un petit cadeau d'adieu. Les gouttes de pluie suspendues dans leur chute deviennent des diamants brillants qui ornent les branches des arbres, encore noires, jusqu'à ce qu'apparaissent les bourgeons verts et que commence la vie nouvelle. Jusqu'au printemps. Il n'y en a plus pour longtemps.

L'appartement. Ton appartement

C'est vraiment pratique que notre appartement à Lviv ne soit pas très loin du cimetière. Je peux y aller à pied en une vingtaine de minutes ou même moins. Et la balade est pour l'essentiel agréable. Il y a bien un carrefour où les voitures ne prennent pas la peine de s'arrêter malgré le passage piéton, mais, à part ça, quand on quitte le cimetière, on prend des rues résidentielles tranquilles et arborées, on gravit une colline et on est chez soi.

Chez soi. Ça me fait très bizarre de penser que j'ai de nouveau un chez-moi dans cette ville. Pendant près de vingt ans, nous n'en avons pas eu. Nous avions vendu notre appartement avant d'émigrer. Il ne nous était jamais venu à l'idée que nous aurions un jour la capacité de racheter quelque chose ici. Et, pour être franche, nous n'en avions jamais vraiment vu l'intérêt. Quand je revenais dans ma ville natale, c'était surtout pour le travail et je logeais dans des hôtels payés par les organisateurs du colloque ou, s'il s'agissait d'un séjour à des fins de recherche, je louais un petit appartement dans un quartier éloigné de l'immeuble dans lequel j'avais grandi. Je n'aimais même pas passer devant. Je ne voulais pas revoir ces images familières, sentir ces odeurs familières, au risque de faire resurgir les souvenirs. Cela m'allait bien d'être là en touriste, de passage. Du moins, c'était ce que je me disais.

Quand mon frère est mort, ma mère a été contactée par les autorités municipales, qui l'ont informée qu'elle avait droit à une sorte de compensation. Ils n'ont pas employé ce mot-là. Comme pour la plupart des termes associés à la guerre, il existe un euphémisme : « paiement forfaitaire » ou quelque chose comme ça. C'était une somme non négligeable, environ 10 000 livres*. Quand nous avons appris cela, ma mère et moi sommes tombées d'accord : nous n'en voulions pas. Ce n'était pas que nous étions tellement riches que 10 000 livres ne représentaient rien à nos yeux. Absolument pas. C'était plutôt que n'importe quelle somme offerte en « compensation » de la vie d'un être cher nous paraissait déplacée. Bien sûr, l'objectif derrière ce « paiement forfaitaire » est d'aider la famille à se relever quand le principal pourvoyeur de revenus (ce que sont généralement les soldats et soldates) ne peut plus subvenir à ses besoins.

On a dit à ma mère qu'elle allait recevoir cet argent, qu'elle le veuille ou non, et qu'elle pourrait en faire ce que bon lui semblerait. Ma mère a réfléchi et accepté, à la condition que Liuba, la femme qui avait été notre ange gardien pendant les obsèques, nous aide à trouver une organisation caritative digne de confiance à qui en faire don. Et c'est ce qui s'est produit. Les 10 000 livres sont arrivés sur le compte de ma mère

* Environ 12 000 euros. *Ndt.*

et ont aussitôt été virés à une organisation qui œuvre pour les enfants malades. Tous les mois, ma mère recevait un petit bulletin avec des photos d'enfants souriants dont l'état s'améliorait et qui luttaient victorieusement contre le cancer ou une autre maladie grave et onéreuse. Grâce à l'argent qu'elle avait donné, ils pouvaient recevoir le traitement médicamenteux qu'ils ne pouvaient pas s'offrir, alors qu'ils en avaient cruellement besoin. La joie qui se lisait sur le visage de ma mère quand elle regardait ces photos est difficile à traduire. C'était peut-être bel et bien une forme de compensation pour la perte de mon frère, en fin de compte.

Mais ensuite il y a eu un autre coup de téléphone. Cette fois-ci, les fonctionnaires ont dit à ma mère que, puisqu'elle n'était pas propriétaire, elle avait droit à un deux-pièces en tant que parente d'un soldat mort au combat. Le choc fut encore plus grand. Qui aurait cru qu'une telle chose soit possible dans un pays pauvre comme l'Ukraine ? Cette fois, nous n'avons pas songé à refuser. Nous avons accepté la proposition et nous nous sommes retrouvés propriétaires d'un petit appartement situé dans un immeuble soviétique des années 1950. Il semblerait que, pendant la période où l'on y logeait des ouvriers, cet appartement ait servi de « coin rouge » : cette pièce qu'on trouvait obligatoirement dans tous les lieux de vie collectifs et qui était remplie de matériel de propagande, de photos des secrétaires généraux du Parti communiste et autre bric-à-brac soviétique. La première fois que je suis entrée, j'ai essayé d'imaginer où le buste de Lénine avait pu se trouver, où l'inévitable drapeau rouge était accroché et où les mornes ouvrages sur le réalisme socialiste étaient stockés avant d'être distribués aux travailleurs pour faire d'eux de vrais communistes.

Le contraste était net par rapport à l'appartement dans lequel mes frères et moi avions grandi. Situé en centre-ville dans un vieil immeuble d'habitation qui datait de l'époque austro-hongroise, celui-ci avait une belle hauteur sous plafond, des murs épais, et jamais on n'aurait imaginé un buste de Lénine ou un drapeau rouge dans cet intérieur. Mais peu m'importait que ce nouvel appartement fût un ancien foyer soviétique. L'essentiel était qu'il se trouvait si près du cimetière que je pouvais me rendre sur la tombe tôt le matin en partant au travail ou le soir en rentrant chez moi.

Chez moi. J'avais de nouveau un toit dans ma ville. Et je l'avais parce que mon frère n'en avait plus besoin.

Comme aucun de nous ne réside à Lviv en permanence, l'appartement était voué à rester vide entre nos brefs séjours. Cela m'attristait beaucoup. Je ne voulais pas que notre chez-nous soit vide. Mais un jour, un ami d'enfance de mon frère nous a appris que son fils venait à Lviv pour ses études. On lui avait accordé une place dans une résidence universitaire, dans un dortoir avec dix autres garçons et à un étage où il n'y avait qu'une seule douche. Ma mère a aussitôt invité le jeune homme à s'installer dans notre appartement. Cela aussi, c'était une manière de compensation. Durant la période où mon frère avait vécu sous les ponts, c'était cet ami (le père de l'étudiant) qui avait veillé sur lui, qui lui avait apporté à manger tait patiemment accommodé de ses démons. fin, il était resté un bon ami. C'était un juste s choses que son fils bénéficie à présent de la gentillesse dont il avait fait preuve envers mon frère bien des années plus tôt.

Au cours d'un séjour, je me suis retrouvée pour la première fois seule dans l'appartement. Mon père, ayant refait les peintures et acheté le mobilier nécessaire, l'avait rendu très confortable. Mais jusque-là, chaque fois que j'y avais séjourné, j'avais éprouvé un sentiment de malaise. J'avais l'impression de squatter chez mon frère en son absence. Maintenant que je m'y retrouvais seule, je pouvais enfin regarder mes émotions en face. Je me suis préparé une tasse de thé, je me suis assise dans le canapé et j'ai commencé à parler à mon frère comme s'il était là, en train de prendre le thé avec moi. Je lui ai dit que tout ça, c'était du grand n'importe quoi, que je n'arrivais vraiment pas à m'y faire, mais que je lui étais reconnaissante de nous avoir fait don de cet appartement. Je lui ai décrit le deux-pièces, je lui ai dit qu'il avait jadis servi de « coin rouge », que j'appréciais qu'il soit si près de lui, de sa tombe, et qu'il soit facile de se rendre à pied au centre-ville, qu'il aimait tant.

J'ai fini ma tasse, essuyé mes joues sur lesquelles les larmes avaient ruisselé pendant cette conversation imaginaire avec mon frère, et je suis allée me coucher. Pour la première fois, j'ai dormi d'une traite dans cet appartement. Quand je me suis levée le matin, je me suis sentie soulagée. J'ai avalé un café et je me suis rendue d'un pas vif au cimetière par les rues résidentielles tranquilles. Ça ne m'a même pas pris vingt minutes.

Lorsqu'en 2022, l'agression russe a chassé vers l'ouest des Ukrainiens de l'est et du sud du pays, nous avons proposé notre appartement à des déplacés en provenance des zones de combat. Il a abrité jusqu'à sept personnes, un chien et un chat. Ces gens qui fuyaient la mort et la destruction avaient trouvé refuge dans un appartement qui avait été donné à la famille d'un soldat mort sur le front. Au milieu des horreurs d'une guerre totale, cela me faisait chaud au cœur de savoir qu'un homme libre, aujourd'hui disparu, accueillait des gens libres venus de différentes régions de ce pays libre.

Ce qu'il reste

Je ne peux pas aller souvent sur la tombe de mon frère. Je ne retourne dans ma ville natale que quelques fois par an. Je n'aime pas faire de petits autels chez moi avec les photos de chers disparus exposées à la vue de tous. Mais je ressens parfois le besoin d'honorer la mémoire de mon frère d'une manière ou d'une autre dans l'intimité de mon appartement. J'ai cette pochette dans laquelle mon frère gardait ses papiers et où je conserve aujourd'hui tous les documents en rapport avec la période qu'il a passée à la guerre. Je la sors parfois de la bibliothèque, je la pose devant moi et je reprends un par un les documents.

Dès que je l'ouvre, il s'en échappe une odeur bien particulière, qui m'enveloppe jusqu'à ce que je m'y habitue et que je cesse de la remarquer. On peut difficilement la décrire comme autre chose que l'odeur d'une vie qui a été. Un mélange de papiers vieillissants, de terre, de vieux plastiques et de souvenirs.

À tous les documents rassemblés par mon frère, j'ai ajouté son acte de décès. Si bien qu'il se trouve désormais côte à côte avec son acte de naissance. Ces deux bouts de papier encadrent toute son existence, mais ils n'en disent en réalité pas grand-chose. Il y a aussi des peintures et des dessins de lui. L'un d'eux représente un couple face à un étrange esprit tout blanc, seule une langue rouge sortant de sa bouche pleine de crocs. Il a une faux à la main. Le couple se tient avec calme devant cette créature : l'homme porte un costume et ses cheveux bruns lui tombent aux épaules ; la femme porte un long manteau rouge et ses cheveux, qui descendent jusqu'à sa taille, sont d'un rouge encore plus vif que celui de son manteau. Au-dessus de cette scène, il y en a une autre. Cette fois-ci, le même couple est entouré par des anneaux de couleurs et semble sur le point d'entrer dans ce qui ressemble à un ciel étoilé. J'ai plaisir à ouvrir cette pochette pour regarder ses dessins. Mais ils font aussi naître chez moi une certaine frustration : pourquoi ne s'est-il pas contenté de continuer à peindre ? Pourquoi a-t-il fallu qu'il aille au front ?

Le dossier contient aussi les cartes de visite que m'ont données des politiciens devant la morgue et jusqu'au bord de la tombe le jour de l'enterrement. Je les conserve pour me rappeler que les guerres et les enterrements sont un business pour certains.

Hormis les papiers de mon frère, ce que j'ai de plus précieux, c'est son téléphone. Je le garde aussi dans le dossier désormais. Quand j'ai décidé d'en examiner le contenu la première fois, j'y ai trouvé des SMS qui m'étaient adressés, mais qui ne m'étaient jamais parvenus. En fin de compte, il avait essayé d'entrer en contact avec moi plus souvent que je ne l'imaginais. C'était juste que les messages n'arrivaient pas toujours à sortir de la zone de guerre. J'éprouve parfois la tentation d'y répondre, dans l'espoir que cela complète nos nombreuses conversations inachevées.

Dans son téléphone, j'ai aussi trouvé des photos qu'il avait prises dans la zone de combat : des tranchées, des armes, des bâtiments en ruine, des hommes et des femmes que je ne connaissais pas, et même un chaton. Il y avait aussi des photos d'un cadavre, un squelette vêtu d'un uniforme qui avait visiblement été retrouvé dans les hautes herbes par des soldats, soldats qui figuraient aussi sur les photos. Un chaton assis sur un fusil, un squelette au milieu des hautes herbes, un lac magnifique qui pouvait parfaitement se trouver au milieu d'un champ de mines : voilà le genre de galerie de photos qu'on peut trouver dans le téléphone d'un soldat. Ces images soulevaient toujours davantage de questions qu'elles n'en résolvaient. Qu'est-ce que tout cela signifiait aux yeux de mon frère ? L'univers de la guerre était-il réellement le sien ? Les gens qui apparaissaient sur ces photos avaient-ils su devenir sa nouvelle famille ? Qu'est-ce que cela faisait à un homme qui avait toujours eu les cheveux longs d'avoir le crâne rasé ? Et qu'est-ce que cela lui faisait d'être habillé en kaki ? Est-ce qu'il avait peur de se faire tuer ? Peur d'être un rouage de la machine à tuer ?

Quand je m'installe avec ce dossier devant moi et que je parcours ces documents, lettres, vidéos, images et textes, je me rends compte qu'ils ne m'aident pas à me souvenir de la vie de mon frère. Parce que ce qu'il reste, ce sont surtout des vides, que je dois remplir avec mes propres mots. Assise là, je réfléchis à ce qu'il reste vraiment, maintenant qu'il est parti : est-ce que c'est la haine que j'éprouve envers ceux qui font du profit quand d'autres perdent la vie ? La gentillesse dont font preuve les gens quand ils apprennent l'histoire de mon frère ? Ou juste un vide immense qui ne pourrait jamais être comblé que par ce frère étrange, plein de talent et parfaitement exaspérant ?

L'ennemi

Souffrir dans les chaînes est une grande humiliation, mais oublier ces chaînes sans les avoir brisées est la pire des hontes.*

Lessia Oukraïnka

Je ne les hais pas. Je ne hais pas les Russes en tant que nation. J'aimerais pouvoir les haïr parce que ça fournirait un exutoire à ma douleur, à mon chagrin et à ma colère. J'envie parfois mes amis qui peuvent cracher des insultes en direction de l'ennemi comme on crache un fruit pourri. Ce rejet plein de haine d'un peuple tout entier semble les libérer. Mais je n'en suis pas capable.

Quand les Russes ont lancé leur invasion à grande échelle, il était trois heures du matin à Londres. J'étais debout, je finissais un article que j'avais promis d'envoyer à un journal dans la nuit. J'ai décidé de jeter un dernier coup d'œil à Twitter avant d'aller me coucher. Les émojis « éclair » au début des tweets

* Citation tirée de « La Captivité de Babylone », poème dramatique (1903). *Ndt.*

ne signalaient pas seulement qu'une nouvelle venait de tomber, mais des explosions. En descendant mon fil, j'ai découvert une vidéo dans laquelle un correspondant de CNN posté devant le majestueux clocher de la cathédrale Sainte-Sophie de Kyiv expliquait en direct qu'il venait d'entendre « un grand boum juste là » derrière lui. Un autre journaliste, un vétéran de l'armée des États-Unis qui suivait la guerre en Ukraine depuis 2014 et n'avait cessé d'alerter sur une escalade du conflit, twitta : « Bon sang, c'est vraiment en train d'arriver. »

Comme le jour où j'avais appris la mort de mon frère, j'ai gardé l'esprit clair et agi avec méthode. J'ai pris mon téléphone pour appeler mon amie la plus proche, qui était retournée en Ukraine quelques semaines plus tôt. Plutôt que de faire défiler à l'infini des nouvelles angoissantes sur son téléphone dans son canapé londonien, elle avait préféré se rendre utile en Ukraine au cas où « ça arriverait vraiment ». Consciente qu'à cinq heures du matin, heure de Kyiv, elle était sans doute encore endormie, j'ai laissé sonner jusqu'à ce qu'elle décroche. Comment réveille-t-on quelqu'un pour lui annoncer que son pays est attaqué ? J'ai essayé de prendre ma voix la plus douce, celle que prenait ma mère quand elle me réveillait dans l'obscurité d'un matin d'hiver pour me préparer pour l'école.

« Debout, ma belle, ça a commencé, ai-je dit.

– Alors c'est vraiment en train d'arriver ? » m'a-t-elle demandé, à moitié pour clarifier la situation, à moitié pour se confirmer qu'elle avait fait le bon choix et n'en serait donc pas réduite à s'angoisser depuis Londres comme moi.

J'ai ensuite appelé mes amis londoniens dont je savais qu'ils avaient de la famille à Kyiv pour les prévenir que « c'était en train d'arriver ». Ayant fait mon devoir de porteuse de mauvaises nouvelles, je me suis assise par terre au milieu du salon, toujours mon téléphone à la main, et je me suis mise à hurler à la mort comme je l'avais fait lorsque la nouvelle du décès de mon frère m'avait réellement atteinte pour la première fois.

« Soyez maudits ! Tous autant que vous êtes », me suis-je entendu dire à voix haute. Jamais de ma vie je n'avais maudit qui que ce soit. Ces mots étaient emplis d'une noirceur si profonde que j'ignorais même que je pouvais porter une telle chose en moi. Ils s'adressaient aux Russes. Pas seulement à Poutine. Pas seulement à ceux qui lançaient les roquettes. À la nation tout entière. La force de ces mots prononcés dans un salon désert était telle que je sentais les vibrations de ma voix sur ma peau. L'obscurité était si dense qu'elle m'a totalement enveloppée et qu'elle a commencé à me suffoquer.

J'étais terrifiée par la puissance de ma malédiction. À cet instant-là, j'étais certaine que ce vœu qu'ils soient tous damnés était juste et se réaliserait donc. La pièce lumineuse et peuplée de livres s'est enténébrée, comme si on avait baissé la lumière. Agenouillée par terre au milieu du salon, mon téléphone entre les mains, j'avais l'impression de tomber dans un gouffre, d'être écrasée sous le poids des mots que je venais de prononcer.

Dans ma tête, je me suis récité les noms de ceux que je pouvais appeler pour leur demander de l'aide, comme on récite une prière apprise dans sa petite enfance. Je me suis arrêtée à Masha. Évidemment. Qui d'autre ? Nous nous étions parlé une heure et quelque auparavant, après plusieurs mois sans contact à cause de nos vies bien remplies. À ce moment-là (qui me paraissait remonter à une éternité), elle m'avait demandé quelle était l'ambiance au Royaume-Uni. J'avais répondu que tout le monde était relativement certain que l'invasion était imminente. Je lui avais demandé ce qu'elle-même en pensait. Elle était d'accord : ça n'allait pas tarder. « Ça n'arrivera peut-être pas cette nuit, mais bientôt », avait-elle dit. C'était arrivé cette nuit-là. Je l'ai rappelée et, comme une enfant, je lui ai demandé : « Masha, qu'est-ce que je fais maintenant ? Quelle est la chose la plus efficace à faire ? » Elle m'a dit de contacter des journalistes et de sonner l'alarme.

Les semaines suivantes se sont passées comme dans un brouillard : le jour, je donnais des interviews, des conférences, je commentais ; la nuit, je m'informais et je sombrais dans des crises de larmes. Jusqu'au moment où mes pleurs séchaient et où il ne me restait plus qu'un impérieux besoin de me montrer utile. Contrairement à mes amis et à ma famille en Ukraine, je n'avais pas à travailler au fond d'un abri antiaérien. Je pouvais dormir dans mon lit. Je ne risquais pas d'être violée par les troupes de l'envahisseur. Mes parents ne risquaient pas d'être sortis de force de chez eux et abattus d'une balle dans la nuque. Mon compagnon et mon frère n'avaient pas été mobilisés. Mon frère aîné avait trouvé la mort au cours de cette guerre, mais il était enterré dans un beau cimetière et non dans un charnier. Je mesurais la chance que j'avais pour me donner du courage et rester efficace. Les malédictions ne l'étaient pas, efficaces, alors je les laissais dans les ténèbres de mon séjour, par terre au milieu de la pièce.

Est-ce que je veux encore qu'ils soient tous damnés ? Je n'ose pas répondre à cette question. Je sais seulement que je ne suis pas capable de les haïr tous.

Je méprise ceux qui ont donné leur aval à ce régime criminel par leur silence. J'abhorre ceux qui restent « apolitiques », qui laissent des flots de sang dégouliner entre leurs doigts, tout en disant : « Ce n'est pas nous qui l'avons fait couler, donc ce n'est pas notre faute. » Je ne supporte pas ceux qui ne se sentent pas complices de cette guerre sous prétexte qu'ils sont contre-Poutine-et-pour-la-paix. Payer des impôts qui financent l'armée n'engendrera pas la paix, donc ceux qui choisissent de continuer à vivre en Russie comme si de rien n'était doivent au minimum être conscients de leur complicité. J'ai pitié du reste de ceux qui se sont habitués à vivre avec les humiliations, le mépris, les injustices infligées par leur propre gouvernement. Je n'ai aucun respect pour ceux à qui la dignité est aussi étrangère que la liberté.

Est-ce que je hais l'armée russe ? Peut-on qualifier d'armée une bande de voyous qui pillent et qui violent ? Je suis révulsée quand je pense aux criminels dont le « devoir de soldat » a consisté à abattre des civils, torturer des enfants et partager les nouvelles de leurs « conquêtes » avec leur famille qui les soutient, là-bas dans leur État policier. Ceux qui se sont enrôlés parce qu'on les avait persuadés qu'ils allaient « dénazifier » l'Ukraine étaient tout aussi criminels que leurs camarades pilleurs. Certains d'entre eux se sont rendu compte de leur erreur quand ils sont arrivés en Ukraine et qu'ils n'y ont vu aucun nazi, seulement la haine dans les yeux des Ukrainiens russophones contre ces assassins venus soi-disant les libérer. L'ignorance est un choix. Et c'est le choix qu'ils ont fait quand, des années durant, ils ont gobé la propagande, et de nouveau quand ils ont entrepris « d'apporter la paix » en bombardant des hôpitaux et des crèches.

Il existe encore une autre catégorie : les miséreux. Alors que, depuis la chute de l'URSS, les Ukrainiens n'ont cessé de combattre l'héritage corrompu de l'empire communiste et ont fait de leur mieux pour devenir une démocratie, la Russie de Poutine a perfectionné l'art de la répression et de la pauvreté, façonnant une nation si soumise qu'elle a peur d'imaginer une vie sans le dirigeant qui la maltraite. Ces soldats-là, qui ont signé le contrat qui les engageait à tuer des Ukrainiens afin de gagner un peu d'argent pour leurs familles qui vivent dans les régions les plus déshéritées de Russie (régions comme hasard souvent peuplées de minorités nationales), filment leur excitation à la vue d'un pot de Nutella dans un des appartements qu'ils sont en train de piller. Sans parler des vols de machines à laver, qui sont devenus un symbole des « conquêtes » russes. Ce spectacle pitoyable n'excite en moi aucune haine. J'ai simplement envie qu'ils partent de mon pays, tous autant qu'ils sont, les pauvres, les idéologues, les cyniques.

Si les Russes ne descendent pas dans la rue pour protester contre la guerre, c'est parce que les médias sont censurés, disent certains. C'est parce que les gens ont peur de faire entendre leur voix, expliquent d'autres. C'est la faute de Poutine. Pas des Russes. Mais ce sont les Russes qui ont fait Poutine tout autant que l'inverse. Il leur a passé des chaînes, mais ils les portent docilement.

Que dire de ceux qui se sont opposés ? De ceux qui ont quitté la Russie parce qu'ils étaient en désaccord avec le régime ? Certains déclarent leur dégoût de cette guerre et affirment qu'elle n'est pas menée en leur nom, mais choisissent tout de même, le 9 mai, de poster sur les réseaux sociaux une photo de leur grand-père arborant le ruban de Saint-Georges, aujourd'hui symbole de violence contre les Ukrainiens. D'autres, à Londres, Berlin ou Vienne, se joignent publiquement aux parades du « Jour de la Victoire », qui ont depuis longtemps cessé de servir à commémorer les morts de la Seconde Guerre mondiale pour devenir l'occasion d'un délirant culte de la violence en Russie*.

Il y a ceux qui savent qu'ils sont complices parce que, quoi qu'ils fassent, ils sont associés à l'agresseur,

* Le 9 mai de chaque année, la Russie célèbre sa victoire sur l'Allemagne nazie avec d'impressionnants défilés militaires. En hommage aux vétérans, beaucoup de personnes portent ce jour-là le ruban de Saint-Georges (orange avec trois rayures noires), une distinction militaire instaurée par Catherine II. *Ndt.*

et qui font ce qu'ils peuvent pour arrêter cette guerre. Mais ils sont si peu nombreux dans un pays de cent quarante millions d'habitants qu'ils font figure d'exceptions qui confirment la règle. Avant l'invasion, leur présence me rassurait sur le fait que tout n'était pas perdu en Russie. Aujourd'hui, l'insignifiance de leur nombre me fait juste de la peine pour eux. Il ne doit pas être facile d'être russe et d'avoir pleinement conscience des souffrances dont cette nationalité est devenue le symbole aux yeux de tant de gens.

Et Poutine ? La seule image que me propose mon esprit quand j'entends ce nom, c'est, non pas celle de sa tombe, mais celle des procès de Nuremberg, avec, à la place des criminels nazis, son entourage et lui sur le banc des accusés. Mon cerveau photoshope les photos d'archives et y insère leurs visages, manière de me rappeler que la justice l'emporte. Oui, elle est partielle, tardive, sans commune mesure avec les souffrances infligées par les auteurs des crimes, mais je veux croire qu'elle passera et que nous verrons cette image partout, de même que nous avons vu les images des fosses communes d'Irpin, de Boutcha et de Marioupol.

Si je pouvais haïr tout entière la nation qui a choisi de devenir mon ennemi, mon nouveau chagrin, non seulement pour mon frère, mais pour tout mon peuple, pourrait se déverser en dehors de moi et je serais peut-être alors libérée de la nécessité de porter son poids partout où je vais.

Mais ce n'est pas le cas. Je ne hais pas tous les Russes, même si je n'éprouve pas non plus de compassion ou d'indulgence à leur égard. Si mes sentiments évoluent, la seule chose qui ne changera jamais sera mon désir de justice. Et je sais qu'elle viendra.

Un moment propice

Quelque chose a changé depuis l'invasion massive de l'Ukraine. Le 24 février 2022, les contours de la carte du pays se sont illuminés sur les écrans de télévision du monde entier. Il s'agissait de placer le pays sur la carte mentale des téléspectateurs, qui voyaient les villes et les villages ukrainiens se faire bombarder plus ou moins en direct. Les journalistes qui avaient été envoyés en Ukraine quelques mois plus tôt, alors que les troupes russes se massaient aux portes du pays, avaient enfin l'image qu'ils étaient venus chercher : des explosions à l'horizon de la vieille ville de Kyiv, une capitale si semblable à celles depuis lesquelles leur public regardait ces reportages.

À l'époque où je suis arrivée au Royaume-Uni, la plupart des gens d'ici ne savaient absolument pas où se trouvait l'Ukraine, et ceux qui le savaient ne connaissaient du pays que Tchernobyl et Chevtchenko. Pas le poète romantique du XIXe siècle, le fondateur de la nation, Taras Chevtchenko, mais Andriy Chevtchenko, un footballeur très populaire à l'époque.

Lors de la révolution orange de 2004, la carte de l'Ukraine est apparue un bref instant sur les écrans de télé occidentaux. Les reporters, qui étaient souvent basés à Moscou et qui connaissaient mal le pays dont ils commentaient l'actualité, présentaient l'Ukraine comme un pays divisé entre pro-Européens et pro-Russes. En 2014, la présence du pays sur les écrans occidentaux fut plus durable que dix ans plus tôt, mais les comptes rendus restaient simplistes et fortement influencés par la propagande russe, qui cherchait à discréditer le combat des Ukrainiens contre l'autoritarisme.

L'Ukraine restait incomprise. Ce pays était tout bonnement trop complexe pour qu'on y comprenne quoi que ce soit, et en même temps il n'y avait aucune urgence à le faire. L'occupation de la Crimée et l'agression russe dans le Donbass redonnèrent à l'Ukraine une place dans les salles de rédaction. À mesure que les Ukrainiens perdaient des vies dans leur combat pour l'intégrité territoriale, ils y gagnaient une vision de plus en plus claire du pays qu'ils étaient en train de construire avec du sang, de la sueur et des larmes. Mais, après avoir exprimé sa profonde inquiétude, le monde passa à autre chose. La lassitude s'installa au sujet de l'Ukraine. Jusqu'à l'invasion de février 2022 – là, les choses commencèrent à bouger et le monde estima qu'il était temps de découvrir cette *terra incognita*.

« Vous nous aviez contactés pour nous soumettre des idées en vue d'une collaboration sur un projet concernant l'Ukraine, je crois ? » Cette question, je l'ai entendue dans la bouche du chargé de programmation d'un énième établissement culturel occidental qui avait décidé de monter un événement sur l'Ukraine, mais qui s'était rapidement rendu compte qu'il ne possédait pas en interne l'expertise nécessaire pour ne pas commettre d'erreur à un moment aussi délicat.

« Oui, c'était bien moi, ai-je répondu. Mais à l'époque, ça n'avait pas l'air possible de votre côté », ai-je ajouté avec prudence pour ne pas laisser passer sans rien dire, mais sans vouloir non plus me montrer offensante.

« C'est vrai. Voyons, c'est parce que… » Mon interlocuteur cherchait ses mots pour expliquer pourquoi un projet sur l'Ukraine ne leur paraissait pas opportun un an et quelque plus tôt, la dernière fois que nous nous étions parlé. L'Ukraine n'était pas à la mode, à l'époque. Il n'y avait pas la guerre, n'est-ce pas ?

Sauf que si, la guerre avait déjà commencé. Mais nous, en Europe occidentale, nous pouvions nous permettre le luxe de l'ignorer, au point que nous avions apparemment réussi à nous persuader que la guerre de la Russie contre l'Ukraine avait démarré le 24 février 2022.

L'établissement culturel avec lequel j'étais en train de m'entretenir ne pouvait plus se permettre d'ignorer cette guerre, pas seulement parce qu'elle faisait des victimes en nombre beaucoup plus important et menaçait la sécurité de l'Europe tout entière, mais aussi parce que cela ferait mauvais effet que d'autres institutions du même type aient organisé un événement sur l'Ukraine et pas eux.

« Ça n'a pas pu se faire la dernière fois, c'est vrai. Mais aujourd'hui le moment est propice », m'a dit mon interlocuteur.

Un moment propice. Voilà donc ce que cette guerre représentait à leurs yeux. À bien des égards, c'était vrai. Les guerres peuvent ouvrir la porte à des changements qui semblent impossibles en temps de paix, qu'il s'agisse d'accorder des droits aux femmes (du moins, certains droits à certaines femmes), d'adapter les politiques migratoires pour accueillir des réfugiés de guerre (du moins certains réfugiés), d'introduire des sanctions contre un agresseur (du moins certaines sanctions). Mais le prix à payer est généralement très élevé. Il se mesure en vies humaines.

Avant le 24 février 2022, l'agression russe avait déjà été la cause de beaucoup de destructions, de souffrances et de deuils : près de deux millions d'Ukrainiens avaient été déplacés, pour la plupart à l'intérieur même du pays, si bien que l'Union européenne n'avait pas eu à se soucier de les accueillir. La Russie occupait 7 % du territoire ukrainien. Les gens qui vivaient en Crimée ou dans le Donbass étaient en permanence soumis à la menace d'être kidnappés, torturés ou assassinés s'ils s'opposaient au régime ou si les voyous qui dirigeaient leur ville décidaient de s'approprier leurs appartements, leurs voitures ou leurs entreprises. Des milliers d'entre eux avaient trouvé la mort. Rien de tout cela n'avait suffi à changer la donne.

Des villes entières rasées, des milliers de civils tués par des bombardements ou d'une balle dans la tête à bout portant, des milliers d'autres torturés, blessés, privés de toit. Des millions de personnes déplacées à l'intérieur de l'Ukraine ou de l'Union européenne. Voilà qui semble avoir été suffisant pour attirer l'attention du monde sur l'Ukraine. Où l'on voit que l'ampleur des pertes compte quand il s'agit de juger de l'opportunité d'un moment.

J'ai eu une folle envie de dire tout cela au chargé de programmation de l'établissement culturel. Quand les gens me demandaient d'expliquer ce pays qui ne correspondait plus à l'image d'un « espace postsoviétique » désolé et corrompu, avec son peuple qui refusait de se laisser faire alors qu'on s'attendait à ce qu'il se comporte en victime, j'aurais voulu leur demander pourquoi l'Ukraine ne les avait pas intéressés ces huit dernières années (ou ces trente dernières années). Mais je ne le faisais pas. Au lieu de cela, je leur demandais en quoi je pouvais leur être utile. Car il fallait bien avouer que, pour l'Ukraine aussi, le moment était propice.

C'était celui où l'intérêt de circonstance qu'avait suscité l'invasion des troupes russes pour ce pays devait être converti en changements structurels. Des changements nécessaires non seulement pour apprendre enfin à connaître l'Ukraine telle qu'elle était réellement, et non telle que la Russie la présentait, mais aussi pour comprendre les défis que l'agression russe posait au monde entier. C'était l'occasion pour le reste du monde démocratique d'affronter la question qui était en train de recevoir une réponse en Ukraine : quel est le prix de la liberté ? C'était le moment où, ayant montré au monde sa capacité de résistance, son autonomie et sa force collective, l'Ukraine devait cesser d'être l'objet de sermons paternalistes pour devenir un sujet dont le devenir possédait une valeur existentielle pour toute la planète.

Je ne suis pas particulièrement adepte des formules qui comparent les relations entre États ou entre nations à des relations entre individus – par exemple, quand on explique les liens entre la Russie et l'Ukraine en employant la métaphore d'un divorce qui aurait mal tourné. Mais je retrouve dans la manière dont l'Ukraine a été perçue en Occident quelque chose de mon propre vécu. En tant qu'immigrée et en tant que femme, j'ai toujours eu du mal à faire entendre ma voix. Quelquefois au sens propre : lorsqu'il fallait avoir le courage de lever la main pour poser une question alors que toutes les autres mains étaient celles d'hommes d'un certain âge ; de parler avec suffisamment d'assurance pour que les gens arrêtent d'écouter mon accent (en essayant en vain de savoir d'où il venait) pour prêter attention au sens de mes propos ; de briser un mur d'ignorance dissimulé derrière un voile de docte savoir. Longtemps, j'ai connu ce qu'un de mes amis universitaires qualifie de « méfiance épistémologique ». S'appuyant sur la même expérience, une autre amie évoque ceux d'entre nous qui avaient donné l'alerte au sujet de cette guerre sans réussir à se faire entendre et qui ont été qualifiés à de « Cassandre des temps modernes » : nous disposions d'informations d'une importance vitale, mais personne n'en voulait.

Quand les portes jusqu'alors fermées se sont ouvertes et que des gens qui se fichaient de l'Ukraine comme d'une guigne ont commencé à organiser des débats télévisés, à écrire des tribunes et à préparer des expositions sur ce pays, ils ont cherché une « voix ukrainienne » susceptible de leur expliquer toute l'histoire de l'Ukraine de Vladimir le Grand à dymyr Zelensky, de préférence dans le créneau de minutes qu'ils avaient prévu pour ce faire et sous une forme accessible. Mais si on me donnait désormais la parole, j'avais encore l'impression qu'on attendait de moi que j'apporte mon savoir « local », par exemple que j'explique comment on prononce l'empilement déraisonnable de consonnes dans le nom d'une ville comme Zaporizhzhia* ou que je m'exprime « avec mes tripes », « avec passion », avant qu'on ne se tourne vers les « vrais » commentateurs pour qu'ils débattent des mêmes questions de manière « objective ». On m'invitait à participer à la conversation, mais pas à la diriger. L'habituelle méfiance épistémologique tournait à l'exploitation épistémologique.

Il m'a fallu un moment pour décider que le moment était propice non seulement pour combler les immenses lacunes dans la connaissance de l'Ukraine, mais aussi pour orienter les questions qu'on me posait. Pour faire en sorte que l'attention reste focalisée sur l'Ukraine quand les débats se tournaient vers la Russie. Pour promouvoir la littérature anti-impérialiste ukrainienne face à ceux qui déploraient la lecture critique anticolonialiste qu'on peut aujourd'hui faire de Pouchkine, Tolstoï ou Dostoïevski. Pour non seulement encourager la *confiance* épistémologique envers l'Ukraine, mais aussi mettre en lumière la *valeur* épistémologique de l'expérience que possèdent ce pays et son peuple – ce pays qui a surpris le monde. La communauté

* Nom habituellement orthographié Zaporijia en français. *Ndt.*

internationale lui donnait trois jours avant de céder à l'agression russe. Au lieu de cela, nous avions été témoin de la résistance sans précédent de son État et de l'époustouflante révolte de son peuple.

Pour ces gens, les vers de Chevtchenko (le poète, pas le footballeur) n'étaient pas des paroles poussiéreuses qu'on sortait de leur tiroir une fois par an pour les réciter avec des trémolos dans la voix au pied de son monument. Depuis le XIXe siècle, époque à laquelle ils ont été écrits, ils avaient été un appel à l'action. En 2014, lorsque le portrait du poète, astucieusement grimé en manifestant, a fait son apparition sur les barricades de la place Maïdan, ils ont rappelé à chacun la justesse du combat. Depuis février 2022, ils sont un simple constat :

> Luttez ; vous vaincrez ;
> Dieu vous aide !
> Avec vous sont la vérité,
> La liberté sacrée, la gloire !

Le peuple ukrainien n'a pas pour tradition de vénérer ses dirigeants. Contrairement à ce qui se passe en Russie, les politiciens perdent le soutien de leur électorat désabusé dès qu'ils trahissent leurs promesses. Non, c'est à la liberté que les Ukrainiens vouent un culte. La valeur qu'ils lui accordent prend sa source dans l'expérience de générations à qui on a interdit de parler leur langue (ou même de la percevoir comme une langue), à qui on a refusé un État et donc une représentation politique, et dont la culture a été dépréciée et incomprise. Cette culture qui exprimait précisément l'urgence d'être libérés des colonisateurs extérieurs et de l'oppression intérieure pour assurer la survie de la nation. Mais si ces discours étaient tenus et conservés dans une langue qui n'en était pas réellement une, à quoi bon se donner la peine d'apprendre à les connaître ? La méfiance dont ont été victimes une nation tout entière, son peuple et sa culture, a créé un vide de 600 000 kilomètres carrés. Soit environ deux fois et demie la superficie du Royaume-Uni.

Et si on remplit ce vide avec tout et n'importe quoi, depuis Pouchkine jusqu'à Poutine, comment sera-t-il possible de surmonter cette méfiance ? Comment comprendra-t-on que, pour les Ukrainiens, la liberté n'est pas une chose qu'on peut tenir pour acquise, comme c'est le cas pour certains peuples à l'ouest, ou qu'il faut redouter, comme chez le voisin de l'est ? C'est une chose qui se vit. À l'heure où les Ukrainiens se battaient pour leur liberté avec tout ce qu'ils avaient, des armes jusqu'aux mots, le moment était bel et bien propice pour que le monde découvre ce qui inspirait ce combat.

Je n'arrive pas à croire que tu es mort : une lettre

[pas d'adresse]
[pas de date]

Cher Volodya,

Puisque je n'arrive pas à croire que tu es mort, j'ai décidé de t'écrire directement.

À chaque fois que je me souviens que tu n'es plus là, je n'arrive pas à y croire tout à fait. Je me dis : « Ça ne peut pas être vrai. Il est juste reparti en vadrouille. Il est quelque part où le téléphone capte mal. Trop occupé. Il n'a pas que ça à faire de nous appeler. » Il faut bien l'admettre : tu n'étais pas très doué pour rester en contact quand tu étais vivant, alors dans ma tête toutes ces hypothèses sont beaucoup plus logiques que l'idée que tu sois mort.

Je n'ai jamais répondu à la lettre que tu m'avais envoyée il y a des années. Je la chéris tendrement et je la relis régulièrement, mais je n'y ai pas répondu, en partie parce que je ne savais pas quoi dire (c'est une mauvaise excuse, je sais), en partie parce que je ne savais pas où envoyer ma réponse. Tu n'as jamais eu d'adresse permanente, même quand tu avais une adresse. Que cette lettre soit donc ma réponse tardive. Mieux vaut tard que jamais, n'est-ce pas ?

Je ne sais pas si tu te rappelles ce que tu avais écrit, alors je vais citer ta lettre en entier (elle est courte) :

[pas d'adresse]
[pas de date]
[pas de formule de salutation]

Je ne vous écris [ce *vous* désignant vraisemblablement toute la famille et pas seulement moi] par e-mail ou par SMS que quand je me sens vraiment mal, quand je suis soûl, pas moi-même. C'est pour ça que vous avez de moi une image (un peu) déformée.

D'une manière générale, juger les gens de loin peut être très dangereux. Et pas très objectif. Je l'ai personnellement vécu. Les gens qui me côtoient, qui me voient tous les jours au travail ou chez moi, pensent que je suis parfaitement normal. Parfois même plus normal que les gens qu'on estime officiellement normaux.

Ce que je veux dire, c'est que ce n'est pas si terrible. Ça pourrait aller beaucoup plus mal, pour l'esprit comme pour l'âme. Je l'ai vu. Je sais.

[Quelques lignes volontairement sautées, pour ménager son effet, j'imagine.]

Si nous croyons en l'existence du mal extrême, et je suppose que c'est le cas, alors nous devrions reconnaître l'existence de l'extrême opposé.

Docteur House

À ta lettre, tu avais joint un billet de un hryvnia, une coupure de presse idiote sur un scandale sexuel dans une boîte de nuit de la ville ukrainienne de Kolomyia et deux dessins.

Tes dessins me font penser à William Blake. On y retrouve le même côté tourmenté, comme si toi aussi tu essayais de comprendre le monde qui t'entoure et que, faute d'y arriver, tu t'efforçais d'inventer ta propre mythologie, un autre monde, qui ait un sens dans ta tête. Je me demande si tu apprécies l'œuvre de Blake. Sans doute pas. Et si c'était le cas, tu dirais que non, rien que pour me contrarier.

Je garde ta lettre dans son enveloppe dorée d'origine, comme un de ces menus trésors que je conservais dans un coffret quand j'étais petite. Il m'arrive de l'ouvrir pour en relire le contenu, parfois simplement pour regarder ton écriture (contrairement à moi, tu as toujours eu une écriture d'une grande élégance), parfois pour me rappeler à quel point tu étais « parfaitement normal ».

Ce que je ne t'ai jamais dit (mais je soupçonne que tu le sais déjà), c'est que moi aussi je t'ai envoyé des SMS et des courriels à des moments où je me sentais particulièrement mal. J'ai dit tant de choses que je ne pensais pas. Il y a aussi tant de choses que j'aurais voulu te dire.

Pendant les six premiers mois qui ont suivi ton enterrement, je n'ai pas arrêté de rêver de toi. Des rêves apaisants, réconfortants, très pénétrants. Le plus mémorable a été celui-ci : nous étions ensemble dans un bus. Tu étais assis devant moi, en uniforme. Je me suis penchée vers toi pour t'enlacer et j'ai presque senti ta veste entre mes bras. Ensuite nous avons entendu un groupe de jeunes gens, également en uniforme, bavarder sur des sièges non loin de nous. Je t'ai demandé si tu les connaissais. Tu as répondu :

« Ces petits bourges merdeux ? Ouais, ils n'arrêtent pas de m'envoyer des textos. »

Sachant qu'aucun de vous n'était vivant, j'étais surprise d'apprendre que vous aviez des moyens pour communiquer entre vous. Alors que je m'apprêtais à te demander si je pouvais moi aussi t'envoyer des textos, tu m'as coupé la chique en disant :

« Pas question ! »

C'est là que je me suis réveillée.

Maman a fait un rêve amusant à ton sujet : tu pelais des pommes de terre et elle te grondait pour une raison ou une autre. D'un seul coup, tu t'es retourné et tu t'es mis à lui réciter du Lermontov ! J'étais pliée de rire quand elle m'a raconté ça. Je me demande quel poème tu lui as récité. Est-ce que Lermontov a écrit quelque chose sur les pommes de terre ?

La dernière fois que je t'ai vu en rêve, tu n'étais pas en uniforme. Maman, papa, Yura et moi nous rendions sur ta tombe. Les autres sont passés à la boutique pour acheter des bougies et des fleurs, mais moi j'ai remarqué que tu nous attendais près de la gare et je me suis arrêtée pour te parler. Je t'ai à peine reconnu dans ta chemise impeccablement repassée et ton pantalon habillé. Je ne sais plus si tu as jamais possédé une tenue aussi habillée. Tu avais l'air impatient. Tu disais :

« Je vous attendais ici pour vous dire au revoir à tous. Dis-leur de se dépêcher avec leurs bougies et leurs fleurs. Je n'ai pas beaucoup de temps. On nous transfère. »

Je n'ai pas demandé où tu allais être transféré, ni par qui. Dans ce rêve, je savais plus ou moins ce que tu voulais dire et je n'avais pas besoin que tu le précises.

Il semblerait que tu sois réellement parti quelque part, parce que, depuis, je n'ai plus rêvé de toi.

Tu sais ce que je trouve le plus difficile ? De ne pas laisser mon chagrin alimenter la haine qui grandit en moi. Depuis le jour où on nous a annoncé ta mort, je la sens qui grandit quelque part dans ma poitrine, chaque jour un peu plus grosse, chaque jour dévorant autre chose (l'amour, la raison, la compassion) pour se faire plus de place. Je me sentais si démunie contre elle que j'ai décidé d'aller me confesser. Ce qui, comme tu le sais, n'est pas une chose que je ferais en temps normal. Ça doit te faire rire de lire ça. Tu n'as jamais été très fan des institutions religieuses. Mais je me disais que si « tu aimeras ton prochain » était le deuxième commandement, alors haïr son prochain devait au moins figurer dans la liste des dix péchés les plus condamnables et que les prêtres devaient avoir une petite idée de la manière d'y résister.

Je ne pense jamais à la personne qui a appuyé sur la détente et provoqué ta mort. Homme ou femme, je ne la déteste pas. De même que j'espère que certaines familles endeuillées ne te détestent pas d'avoir appuyé sur la détente et peut-être provoqué la mort d'un être qui leur était cher.

Ceux que je hais, en revanche, ce sont les politiciens qui s'empressent de reprendre les « affaires courantes » au détriment de la vie des gens. Je h hommes d'affaires qui se font de l'argent en cor çant avec des criminels de guerre. Je hais la communauté internationale, dont je fais partie, qui exprime sa profonde inquiétude pour masquer son égoïsme et son inaction.

Alors je me suis agenouillée, j'ai expliqué que cela faisait des années et des années que je ne m'étais pas confessée et j'ai entrepris de faire l'inventaire de tous les gens que je haïssais. Le prêtre a fini par interrompre mon monologue :

« On dirait que vous aimiez vraiment beaucoup votre frère. »

J'ai trouvé que c'était une remarque étrange à faire à quelqu'un qui venait de parler de haine.

« Oui, je l'aimais beaucoup », ai-je répondu.

Alors il m'a dit :

« Sa mort ne doit pas vous empêcher de l'aimer. Si vous vous concentrez sur l'amour, que vous le laissez grandir dans votre cœur, il ne restera pas beaucoup de place pour la haine. »

Depuis, c'est ce que j'essaie de faire. La plupart du temps, ça marche.

Enfin bon, je devrais arrêter de te déranger. Après tout, tu m'avais bien dit dans ce rêve qu'il était hors de question que j'essaie de te joindre. J'espère que tu me pardonneras cette unique exception. J'avais vraiment envie de te dire que je ne crois pas que tu sois mort et que je pense que ce n'est pas grave, parce que tu es vivant. Dans mon cœur, dans mes pensées, dans mes souvenirs.

Je n'ai pas de citation spirituelle avec laquelle terminer cette lettre. Alors je vais simplement dire : prends soin de toi, où que tu sois.

Avec tout mon amour.

Ta sœur pour toujours,

Olesya.

Remerciements de l'autrice

J'aurais préféré ne pas avoir à écrire ce livre, ne pas avoir de sujet à traiter, et voir mon frère en vie plutôt que voir mon livre publié. Mais puisque ce qui fait le sujet de ce livre est arrivé, j'ai de la chance d'avoir pu coucher mes réflexions sur le papier, non pas pour les noyer dans les abîmes de mon chagrin, mais plutôt apaiser ma douleur ligne après ligne et, ce faisant, alléger un peu mon cœur lourd. Jamais je n'y serais arrivée seule.

Je ne serai jamais assez reconnaissante envers ma famille (ma mère, Olha, mon père, Yuriy et mon frère, Yura), non seulement de m'avoir laissée raconter ces histoires, mais de m'avoir activement encouragée à les écrire. Après tout, elles n'appartiennent pas qu'à moi ; chacun de nous pourrait les raconter différemment, mais elles sont un bien familial. Je remercie mon compagnon, Uilleam Blacker, d'avoir été là pour moi aux heures les plus sombres de mon deuil, d'avoir écouté toutes les premières versions de ces textes et d'avoir lu les versions successives de ce livre avec attention et sensibilité.

Les acteurs du Molodyi Teatr London, ma compagnie théâtrale (Lesya Liskevych, Liliya Romanyshyn, Iryna Sandalovych, Uilleam Blacker, Olga Malchevska, Volodymyr Glushak, Slavko Tsyhan et Fin Ross Russel) m'ont permis de penser mon traumatisme à voix haute et ont créé un espace dans lequel je pouvais sortir de ma propre histoire pour la regarder avec une certaine distance, et je leur en suis très reconnaissante. Ils m'ont aussi offert leur amitié à toute épreuve et leur indéfectible sens de l'humour, même dans les moments où le rire semblait impossible.

J'ai le bonheur d'avoir des amis chers qui sont également professeurs d'université et qui ont bien voulu relire ce volume avec un regard à la fois compatissant et professionnel : Julie Fedor et Molly Flynn – merci ! Je suis infiniment reconnaissante à Sasha Dovzhyk de m'avoir prêté son sens aigu du détail et son cœur chaleureux. Une amie qui a fait l'expérience directe de cette guerre (Maria Berlinska) m'a insufflé la confiance nécessaire pour en parler, même si j'avais la chance de ne pas l'avoir moi-même vécue. À tous les nombreux autres amis et collègues qui m'ont patiemment écoutée parler de la guerre en général et de mon deuil en particulier, ma gratitude éternelle pour le temps, les encouragements et les idées dont ils m'ont fait bénéficier.

Je suis touchée par les recommandations et le soutien dont ce livre a fait l'objet. Cynthia Enloe est mon héroïne s'agissant de trouver une manière sensible de parler de l'expérience individuelle de la violence politique. Je suis émue du sincère attachement d'Anna Reid au sort de l'Ukraine. Rory Finnin est mon mentor, collègue et ami depuis le tout début de ma carrière universitaire. Le soutien que m'ont apporté ces personnes signifie davantage pour moi que je ne peux le dire. Je suis très reconnaissante à ces écrivains inspirants que sont Philippe Sands et Andreï Kourkov d'avoir écrit la préface et l'introduction de ce livre.

Trois des textes qui figurent dans ce volume avaient été publiés dans des versions antérieures : « Une paire de bottes »

(« A pair of Boots ») par *Krytyka*, « Nécrologie » et « Masha » par *Open Democracy* (respectivement sous les titres « A Ukrainian Obituary » et « On the Edge of a European War, Who Gets to Defend the State »). J'aimerais remercier les éditeurs, Oleh Kotsyuba et Tom Rowley, de m'avoir donné le courage de proposer ces textes aux lecteurs. Je suis reconnaissante à Andreas Umland d'avoir accepté ce manuscrit et de lui avoir fait voir le jour dans sa première version. Mes remerciements vont aussi à Jake Lingwood, Mala Sanghera-Warren et leur équipe pour lui avoir donné une nouvelle vie.

Surtout, j'aimerais remercier tous ceux qui ont permis à mon frère de traverser cette guerre de manière un peu plus supportable, un peu plus humaine. Ma gratitude va aussi à tous ceux qui entretiennent la mémoire des vies écourtées par la guerre que mène la Russie en Ukraine.

Table

RÉALISATION : NORD COMPO À VILLENEUVE-D'ASCQ
ACHEVÉ D'IMPRIMER SUR ROTO-PAGE
PAR L'IMPRIMERIE FLOCH À MAYENNE
DÉPÔT LÉGAL : OCTOBRE 2023. N° 154414 (103255)
IMPRIMÉ EN FRANCE